Vous rêv
d'un

C'est l'aver
les édit

Prix du Meilleur Roman des lecteurs de POINTS !

D'août 2015 à juin 2016, un jury composé de 40 lecteurs et de 20 libraires recevra à domicile 10 romans récemment publiés par les éditions Points et votera pour élire le meilleur d'entre eux.

Pour rejoindre le jury, déposez votre candidature sur **www.prixdumeilleurroman.com.** Les inscriptions sont ouvertes jusqu'au 31 octobre 2015.

Le Prix du Meilleur Roman des lecteurs de POINTS, c'est un prix littéraire dont vous, lectrices et lecteurs, désignez le lauréat en toute liberté.

Plus d'information sur
www.prixdumeilleurroman.com

Grand voyageur, esprit cosmopolite, Patrick Deville, né en 1957, dirige la Maison des Écrivains étrangers et Traducteurs (MEET) de Saint-Nazaire. *Viva* est le cinquième titre d'un tour du monde littéraire entamé avec *Pura Vida*, suivi de *Équatoria*, *Kampuchéa* et *Peste & Choléra* (tous parus en Points), dans lesquels on retrouve le même narrateur.

DU MÊME AUTEUR

Cordon-bleu
Minuit, 1987

Longue Vue
Minuit, 1988

Le Feu d'artifice
Minuit, 1992

La Femme parfaite
Minuit, 1995

Ces deux-là
Minuit, 2000

Pura Vida
Vie & mort de William Walker
Seuil, 2004
et « Points », n° P2165

La Tentation des armes à feu
Seuil, 2006

Équatoria
Seuil, 2009
et « Points », n° P3039

Kampuchéa
Seuil, 2011
et « Points », n° P2859

Peste & Choléra
Seuil, 2012
et « Points », n° P3120

Sic transit
Seuil, 2014

Patrick Deville

VIVA

ROMAN

Éditions du Seuil

Citations :

© Librairie Arthème Fayard, 1988, *Trotsky* de Pierre Broué. – © Christian Bourgois Éditeur, 2007, *Frida Kahlo par Frida Kahlo* traduit de l'espagnol (Mexique) par Christilla Vasserot. – © Denoël, 2005, *Ultramarine* de Malcom Lowry, traduit de l'anglais (États-Unis) par Jean-Roger Carroy et Clarisse Francillon. – © Gallimard, « Quarto », 2004, Œuvres d'Antonin Artaud. – © The Estate of Malcom Lowry, 1947, *Under the Volcano*. – © Grasset et Fasquelle, 1987, *Sous le volcan* de Malcom Lowry, présenté et traduit de l'anglais (États-Unis) par Jacques Darras. – © Éditions Bernard Grasset, 1926, *Moravagine* de Blaise Cendrars. – © Éditions Maurice Nadeau, 1984, *Malcom Lowry, études*, ouvrage collectif. – © Éditions Maurice Nadeau, 1978, *De Prinkipo à Coyoacán, sept ans auprès de Léon Trotsky* de Jean van Heijenoort. – © Éditions Maurice Nadeau, 1979, *Trotsky vivant* de Pierre Naville. – © Payot & Rivages, 2013, citation en exergue tirée de *Sur le concept d'histoire* de Walter Benjamin, traduit de l'allemand par Olivier Mannoni.

TEXTE INTÉGRAL

ISBN 978-2-7578-5467-9
(ISBN 978-2-02-113596-1, 1re publication)

Il existe un rendez-vous tacite entre les générations passées et la nôtre. Nous avons été attendus sur la terre.

WALTER BENJAMIN,
Sur le concept d'histoire

à Tampico

Tout commence et tout finit par le bruit que font ici les piqueurs de rouille. Capitaines et armateurs redoutent de laisser désœuvrés les marins à quai. Alors le pic et le pot de minium et le pinceau. Le paysage portuaire est celui d'un film de John Huston, *Le Trésor de la Sierra Madre*, grues et barges, mâts de charge et derricks, palmiers et crocodiles. Odeurs de pétrole et de cambouis, de coaltar et de goudron. Un crachin chaud qui mouille tout ça et ce soir la silhouette furtive d'un homme qui n'est pas Bogart mais Sandino. À bientôt trente ans il en paraît vingt, frêle et de petite taille. Sandino porte une combinaison de mécanicien, clef à molette dans la poche, vérifie qu'il n'est pas suivi, s'éloigne des docks vers le quartier des cantinas où se tient une réunion clandestine. Après avoir quitté son Nicaragua et longtemps bourlingué, le mécanicien de marine Sandino pose son sac et découvre l'anarcho-syndicalisme. Il est ouvrier à la Huasteca Petroleum de Tampico.

Au fond des ruelles du port où s'allument les lampes, les conspirateurs dans l'ombre d'une arrière-salle s'assemblent autour de Ret Marut le mieux aguerri. Celui-là est arrivé au Mexique comme soutier à bord d'un navire norvégien. Il se prétend marin polonais ou allemand, révolutionnaire. Sous la casquette de prolétaire, un visage quelconque et une petite moustache qui lui fait une tête de la bande à Bonnot. À la fin de la Première Guerre mondiale, Ret Marut a participé à la tentative insurrectionnelle à Munich. Condamné à mort, il a disparu, a souvent changé de nom, commencé à écrire des poèmes et des romans, à combattre la solitude par le crayon et à entasser les cahiers. Bientôt il enverra en Allemagne *Le Trésor de la Sierra Madre* dont l'action est à Tampico, sous un autre pseudonyme, celui de Traven. Il en utilisera des dizaines. Auprès de la photographe Tina Modotti, à Mexico, il sera Torsvan.

Quant à Sandino, qui ressort de la cantina au milieu de la nuit, fort de ces conseils allemands ou polonais, la tête emplie des grands brasiers révolutionnaires, et se hâte sous la pluie oblique dans le cône orange des réverbères au sodium, nous pourrions le suivre. Nous le verrions regagner le Nicaragua, échanger la salopette d'ouvrier de la raffinerie pour les vêtements de cavalier, les cartouchières croisées sur la poitrine, le chapeau Stetson, et prendre le commandement de la guérilla, devenir le glorieux général Augusto César Sandino, le « Général des hommes libres » selon les mots de Henri Barbusse. Nous le verrions chevaucher à la tête de son bataillon de gueux qui jamais ne sera vaincu, repoussera vers la mer l'armée d'occupation des gringos et poursuivra le grand œuvre de Bolivar. Les cavalcades des troupes sandinistes lèvent à l'horizon la poussière jaune de la Nueva Segovia du Nicaragua. Mais nous ne le suivrons pas. Dans la brume de chaleur, un autre pétrolier norvégien, grande muraille rouge et noire, traverse le golfe du Mexique et approche du port de Tampico. À son bord, un autre révolutionnaire en exil entend les piqueurs de rouille et le cri des oiseaux marins.

de Tampico à Mexico

Au bas de l'échelle de coupée du *Ruth*, pétrolier norvégien sur lest, on remet au proscrit Trotsky le petit pistolet automatique confisqué à l'embarquement trois semaines plus tôt. Celui qui a commandé l'une des armées les plus considérables du monde glisse dans une poche tout ce qui reste de sa puissance de feu. C'est un homme d'âge mûr, cinquante-sept ans, les cheveux blancs en bataille, à son côté sa femme aux cheveux gris, Natalia Ivanovna Sedova. Ils sont pâles, éblouis par le soleil après la pénombre de la cabine. On voit sur une photographie Trotsky se coiffer d'une casquette de golf blanche et peu martiale. Sur le quai, les accueillent un général en grand uniforme et quelques soldats, une jeune femme aux cheveux noirs tressés montés en chignon. On les accompagne vers la gare de Tampico.

Ils sont quatre maintenant dans le wagon lambrissé. Devant eux le général Beltrán en uniforme sombre et le visage sévère, et la jeune femme vêtue d'une blouse indienne multicolore où dominent les jaunes. Ses sourcils très noirs se rejoignent à la racine du nez comme les ailes d'un merle. L'*Hidalgo* est le train personnel du président Lázaro Cárdenas. Le peintre muraliste Diego Rivera l'a convaincu d'accorder un visa au proscrit et de lui sauver la vie. C'est 1937, et trois ans après l'assassinat de Sandino à Managua par les sbires du général Somoza. La nouvelle était parvenue en France avec retard, à Barbizon où Trotsky se cachait alors. La dictature somoziste est installée au Nicaragua, le fascisme en Italie, le nazisme en Allemagne et le stalinisme en Russie. C'est la guerre d'Espagne, bientôt la déroute des républicains et la victoire du franquisme. Depuis dix ans, Trotsky est un vaincu qui erre sur la planète. La locomotive envoie un jet de vapeur. Le voilà à nouveau dans un train. Pour la première fois dans un train mexicain.

Il connaît les images des hommes de Pancho Villa assis sur le toit des wagons, cartouchières croisées sur la poitrine et sombreros. Il connaît *Le Mexique insurgé* de John Reed, le jeune écrivain qui avait ensuite écrit *Dix jours qui ébranlèrent le monde* et loué la révolution russe. Il revoit les trains à bord desquels il a sillonné l'Europe au hasard de ses exils. Son propre train blindé à l'étoile rouge filant dans la neige, qu'il avait fait assembler du temps qu'il était le commissaire du peuple à la Guerre, qu'il commandait à cinq millions d'hommes avant de n'être plus que ce proscrit en fuite, assis sur une banquette en face de la jeune femme aux cheveux noirs retenus par des peignes de nacre et des rubans, le bel oiseau multicolore qui peut-être déjà lui rappelle Larissa Reisner et la prise de Kazan, la première victoire de l'Armée rouge, il y a bientôt vingt ans.

Frida Kahlo fixe les yeux très bleus du proscrit derrière les lunettes rondes et lui sourit. Elle n'a pas trente ans. Son mari Diego Rivera est célèbre dans le monde entier, mais celui-là plus encore. Il a brisé en deux l'Histoire. On longe le río Pánuco puis les lagunes à la sortie de la ville. Ça n'avance pas très vite. L'*Hidalgo* est moins puissant que le train blindé à bord duquel il a vécu plus de deux ans, relié les fronts depuis Moscou jusqu'en Crimée, repoussé l'Armée blanche de Wrangel. Le paysage inconnu se dessèche à mesure que la voie ferrée quitte la côte et gagne les plateaux, s'éloigne des berges tropicales de Tampico, de la mer houleuse et verte des Caraïbes. Au hasard des villages traversés, des rues poussiéreuses, des maisons de bois, épiceries, misceláneas, une rivière, des barques emplies de marchandises, des troupeaux de vaches. C'est un huis clos de quelques heures dans le train aux boiseries vernies, chacun perdu dans ses pensées. Trotsky et Natalia Ivanovna viennent d'échapper à la mort en Norvège. Ils ont craint qu'on ne les jette par-dessus bord ou bien qu'on ne maquille leur mort en suicide. Ils ne savent rien de ce qui les attend.

S'il lui était encore possible de jouir de l'anonymat, Trotsky descendrait dans l'une de ces petites gares qui plairaient à Tolstoï, parmi les Indiens et les peones. Il connaît la vie à la ferme, l'odeur des foins, le grincement des moyeux de charrette et l'horizon rouge sur la plaine. Lire des livres, cultiver son jardin. Plusieurs fois il lui a fallu fournir un effort pour s'arracher à la retraite et aux livres, revenir vers la ville et les fureurs de l'Histoire. Après la Révolution, oui, après le triomphe mondial de la Révolution, descendre du train, lire et écrire, chasser et pêcher comme il l'a fait chaque fois qu'il a été vaincu. Les parties de chasse dans les marais autour d'Alma-Ata pendant son exil au

Kazakhstan après la victoire de Staline, puis les parties de pêche chaque matin en bateau autour de l'île turque de Prinkipo lorsque Staline l'avait expulsé vers Istanbul.

Le train grimpe vers les volcans, les hauts plateaux, les broussailles sèches, une terre pauvre devant laquelle son père hausserait les épaules et cracherait dans la poussière, le vieux Bronstein mort du typhus quinze ans plus tôt, le paysan des plaines à blé de l'Ukraine. Celui qui a grandi dans les maisons de terre bousillée de paille est un jeune homme trop brillant pour rester à la ferme. L'excellent élève et premier en tout quitte les travaux des champs, se faufile dans le maigre *numerus clausus* alloué par le tsar aux étudiants juifs. Lev Davidovitch Bronstein est un jeune homme de raison qui se méfie des passions. Plus tard il sera écrivain, pour l'instant c'est la science, l'activisme politique dans les chantiers navals d'Odessa. Il rédige des libelles, harangue des ouvriers qui ont l'âge de son père, découvre la puissance du verbe et ce don naturel du charisme qu'il possède, le pouvoir de ses mots sur l'esprit des ouvriers du chantier et sur celui d'Aleksandra Lvovna.

Il découvre aussi la prison et dans sa cellule affermit sa pensée aux frais du tsar et de ses geôliers, étudie les langues. À vingt ans, c'est la déportation en Sibérie, le train, la forêt, la cabane, la lecture, le mariage pendant la relégation avec la belle Aleksandra Lvovna qui l'a suivi, les deux fillettes, Nina et Zina. Il aura le courage de les abandonner, de fuir seul, parce que la Révolution, avec la fureur du dieu biblique, lui ordonne d'abandonner femme et enfants dans un élan héroïque et brutal comme on en voit dans la vie des saints et des prophètes. C'est le début des fausses identités.

Lev Davidovitch Bronstein, que ses amis au long de sa vie appelleront LD, puis Le Vieux, est détenteur d'un faux passeport au nom de Trotsky et c'est avec celui-là qu'il entrera dans l'Histoire. Il se cache dans une charrette, gagne Irkoutsk, monte dans le Transsibérien. Au hasard de sa fuite, il gagne l'Autriche puis Zurich, Paris, rencontre Natalia Ivanovna qui vient d'étudier la botanique à Genève. Elle est assise à son côté des dizaines d'années plus tard dans ce train *Hidalgo* du président Cárdenas et dort contre son épaule. Lui aussi somnole, croise le regard du général Beltrán, celui de la mystérieuse femme mexicaine aux sourcils noirs, au merle sur le front, aux lèvres rouges.

Le train est de moins en moins rapide à mesure qu'il aborde les raidillons, tire ses wagons vers Mexico et ses deux mille mètres, à mesure que le ciel de janvier se fait limpide et doré où tournent des zopilotes aux larges ailes noires. Il est un peu perdu après ces trois semaines de mer. Aussi bien on est en 1905 et le christ rouge éploie ses ailes au-dessus de Saint-Pétersbourg, appelle à lui les apôtres et les martyrs. Les pauvres meurent dans la neige de janvier devant le Palais d'hiver. De tous ceux dont la tête est mise à prix, Trotsky est le seul à regagner la Russie dès les premiers jours de l'émeute, sous le nom de Vikentiev, propriétaire noble. Il en a l'allure et le maintien. C'est l'état de siège. On le place à la tête du soviet et son modèle est la Révolution française. À la tribune il cite Danton : « L'organisation, encore l'organisation, toujours l'organisation ! » C'est vite le foutoir, la débandade, l'échec, la forteresse Pierre-et-Paul, les dix mois de préventive, le procès puis à nouveau la Sibérie, le train. Sur le quai la tenue du bagnard. La police du tsar lui a laissé aux pieds ses godasses d'Europe, coupable amateurisme, et au fond des talons creux, comme dans un roman de Dumas, des pièces d'or et des faux papiers.

Les déportés apprennent que leur destination est Obdorsk au-delà du cercle polaire. À l'étape de Berézov, Trotsky simule une sciatique comme il s'y est entraîné. Laissé seul en arrière dans l'attente du prochain convoi, il soudoie le garde et l'infirmier, achète un traîneau, une touloupe et un attelage, engage un guide, s'enfuit dans la taïga. C'est avec des phrases qu'on lirait chez Jack London qu'il fera le récit de son évasion dans *Aller-retour* : « Notre voiture glissait d'une allure égale, sans bruit, comme une barque sur le miroir d'un étang. Dans un crépuscule enténébré, la forêt semblait plus gigantesque. Je ne distinguais absolument pas la route, je ne sentais presque pas le mouvement du traîneau. Des arbres de mirages couraient au-devant de nous, les buissons fuyaient sur les côtés, de vieilles souches couvertes de neige disparaissaient sous nos yeux, tout cela semblait plein de mystère, le souffle égal et pressé des rennes s'entendait seul dans le grand silence de la nuit et de la forêt. »

Le fuyard franchit l'Oural, monte au nord, passe en Finlande, descend vers Berlin, se fixe à Vienne. Il a vingt-huit ans dont trois ans de prison et deux déportations. Son nom et son courage à présent sont sus de tous les révolutionnaires. Il devient journaliste, critique littéraire, rencontre Jaurès, compose un hommage à Tolstoï pour ses quatre-vingts ans et lit Freud, part en reportage dans les Balkans. Après l'attentat de Sarajevo, il gagne la Suisse et à nouveau Paris, au

28 de la rue d'Odessa à Montparnasse, où il apprendra, en décembre 1914, l'entrée triomphale d'Emiliano Zapata et de Francisco Villa à Mexico. La révolution mexicaine est en avance sur la russe.

Deux gendarmes l'accompagnent en train vers Irún et le confient à la police espagnole. C'est la bataille de Verdun et la France expulse Trotsky. On ne sait pas trop quoi faire de lui, on le balade à Cadix puis Madrid. On pourrait le livrer au tsar. Au lieu de quoi on le met dans un train pour Barcelone, où le 25 décembre 1916 on l'embarque de force à bord du *Montserrat* en partance pour New York. C'est l'hiver et la mer est mauvaise jusqu'à Gibraltar. Trotsky rencontre dans ses promenades sur le pont balayé de pluie un géant amoché en imper, « un boxeur anglo-français se piquant de belles-lettres, cousin d'Oscar Wilde ». C'est Arthur Cravan, le poète aux cheveux les plus courts du monde selon son ami Blaise Cendrars. À Barcelone, Cravan vient de se faire mettre au tapis, knock-out au sixième round, par le champion du monde Jack Johnson. Il a toute la traversée pour s'en relever et s'enduire de pommades. Il dîne avec Trotsky et lui parle de ses voyages clandestins d'anarchiste.

Trotsky somnole. Le train se rapproche de Mexico. Le général Beltrán a coiffé sa casquette, lissé son uniforme et replacé son ceinturon. Dans son demi-sommeil flottent des phrases peut-être lues, ou des phrases qu'il a peut-être écrites : « Continuels déplacements et Moscou, Cronstadt, Twer, Sébastopol, Saint-Pétersbourg, Ufa, Ekaterinoslaw, Lugowsk, Rostoff, Tiflis, Bakou reçurent tour à tour notre visite, furent terrorisées, bouleversées, en partie détruites, copieusement endeuillées. Notre état d'esprit était effrayant et notre vie épouvantable. Nous étions pistés, nous étions traqués. Notre signalement était tiré à cent mille exemplaires et affiché partout. Nos têtes étaient à prix. »

Mais elles ne sont pas de lui, ces phrases. Elles sont de cet écrivain suisse ami du boxeur Cravan, qu'ils avaient mentionné à bord du *Montserrat*, un écrivain qui avait un peu vécu en Russie, et à présent engagé dans la Légion, qui avait publié sous le pseudonyme de Blaise Cendrars, et ce livre, *Moravagine*, avait été traduit en russe par Victor Serge, qui fut un proche de Trotsky et l'avait suivi dans l'Opposition de gauche. Ils s'étaient trouvés, à bord du *Montserrat*, ces relations communes. Le train aborde les faubourgs. Trotsky se demande où peut bien être Victor Serge, et s'ils se reverront un jour.

À New York, des journalistes attendaient Cravan sur le quai, le géant en imper aux arcades sourcilières fendues. Ça n'est pas rien d'avoir disputé un championnat du monde de boxe, même perdu. D'autres attendaient Trotsky. Ça n'est pas rien d'avoir instauré un soviet à Saint-Pétersbourg, même vaincu. Cravan retrouve ses amis poètes d'avant-garde, rencontre bientôt son grand amour Mina Loy. Un an plus tard, le géant s'en ira disparaître à jamais au Mexique en pleine révolution. Trotsky est accueilli par l'exilé Boukharine, loue un petit appartement dans le Bronx, reprend ses activités de journaliste, les lectures assidues en bibliothèque, les conférences, publie des diatribes dans *The Class Struggle*.

Et quelques mois plus tard c'est déjà dix-sept.

Les États-Unis entrent dans la guerre et débarquent

leurs troupes à Saint-Nazaire. La révolution éclate en Russie. Trotsky quitte New York, embarque fin mars sur le navire norvégien *Christianafjord*. Il est arrêté à l'escale canadienne par les Anglais, emprisonné, libéré deux mois plus tard. Il reprend la mer pour la Finlande, saute dans un train. La grande locomotive noire file dans la neige. Après un premier tour du monde en exil, le voilà de nouveau à la tête du soviet de Petrograd. Cette fois Lénine et lui ne laisseront pas la pagaille s'installer. C'est le grand Octobre. Trotsky préside le Comité révolutionnaire. Ce sont ces dix journées dont John Reed écrira l'épopée, se fera le Thucydide. Trotsky rencontre Fédor Raskolnikov et Larissa Reisner. Ensemble ils vont s'emparer de Kazan.

Trotsky a trente-huit ans, cesse de fumer, crée l'Armée rouge, négocie la paix de Brest-Litovsk et prépare la révolution allemande, écrit à Karl Liebknecht et Rosa Luxemburg, parce qu'il est convaincu, comme beaucoup, et comme l'anarchiste Ret Marut à Munich, qui plus tard deviendra Traven à Tampico, que l'avenir de la Révolution c'est l'Allemagne. Quel Nostradamus, un an plus tôt, Lénine à Zurich dans les cafés devant son jeu d'échecs et Trotsky expulsé vers l'Espagne, leur aurait promis la victoire aussi vite ? Le train ralentit le long du quai. Le proscrit n'a trouvé le temps, somnolent depuis Tampico jusqu'à Mexico, de l'Atlantique aux volcans, que de parcourir la première moitié de sa vie, l'ascendante et la glorieuse, d'Odessa jusqu'à Kazan. Retrouver la seconde, ce serait comme de reprendre le train depuis Mexico jusqu'à Acapulco sur le Pacifique de l'autre côté des volcans, redescendre par paliers jusqu'au zéro du niveau de la mer et de l'exil.

À la sortie de la gare, une foule entoure le proscrit et Natalia Ivanovna. Des photographes brandissent leurs flashes au magnésium. Les hommes du général Beltrán assurent leur sécurité. Les automobiles noires de ces années trente, aux roues hautes et étroites, glissent en convoi dans Mexico vers le village excentré de Coyoacán. La femme mexicaine aux sourcils noirs, au merle sur le front, silencieuse, belle comme Larissa Reisner, est assise auprès d'eux. Elle leur ouvre sa porte. Ils traversent le jardin très vert et ensoleillé entouré de hauts murs. Frida Kahlo les accueille dans sa maison bleue. Ce sera leur première adresse à Mexico. Plus tard, après l'assassinat de Trotsky, Natalia Ivanovna confiera le bonheur de cette arrivée à Victor Serge, les premières images du Mexique après la Norvège : « Une basse maison bleue, un patio empli de plantes, des salles fraîches, des collections d'art précolombien, des tableaux à profusion. »

à Mexico

Dans un autre secteur de la ville immense du Distrito Federal, loin de Coyoacán, dans la Condesa, colonia Hipódromo, La Selva est une petite terrasse encombrée de pots de fleurs et d'un cactus dans un bidon que la rouille embellit, envahie de piafs noirs et minuscules, où volette un papillon jaune.

Les taxis de la capitale étaient encore il y a dix ans des coccinelles Volkswagen vertes et blanches. Aujourd'hui, pour la plupart, des berlines or et pourpre. Ainsi le monde bouge. Et ça n'est pas encore la fin de l'Histoire. Ce pays ne ressemble toujours à aucun autre. Depuis dix ans, j'y reprends la lecture de Trotsky et de Lowry, et de fil en aiguille d'autres écrivains venus se perdre au Mexique comme Cravan et Traven, pince des fils, dévide des bobines, tisse des liens, assemble les vies de trois femmes illustres elles aussi depuis longtemps disparues et mêlées à toutes ces histoires de la petite bande de Mexico, trois femmes auxquelles la dévotion populaire et la sagesse des nations devraient élever les hautes pyramides indiennes aux marches de pierre, et au sommet les trois autels où déposer les livres de Larissa Reisner, les tableaux de Frida Kahlo, les photographies de Tina Modotti, distribuer au petit bonheur les trois vertus des Grâces, l'Allégresse, l'Abondance et la Splendeur, convoquer sur les gradins les prêtres aux plumes multicolores et les pénitents, les orants, les marins, les exilés, les sans-papiers, les apatrides. Tous ceux-là qui se croisent dans la clandestinité ou à bord des navires :

Sandino rencontre Traven et Trotsky rencontre Cravan.

Traven & Cravan

Ces deux-là quant à eux ne se sont jamais rencontrés. On supposa pourtant, après la disparition de Cravan au Mexique, qu'ils n'étaient qu'une seule et même personne.

Fabian Lloyd, le géant poète et boxeur, Anglais né à Lausanne, anarchiste et neveu d'Oscar Wilde, édite à Paris sous le pseudonyme d'Arthur Cravan la revue d'avant-garde *Maintenant*, dont il écrit seul l'ensemble des articles. Soupçonné de pacifisme au début de la Grande Guerre, il quitte ses amis Félix Fénéon et Van Dongen, Picabia qu'il retrouvera à Barcelone, toute cette petite bande que fréquentait aussi Diego Rivera à Montparnasse. À la différence de Cendrars engagé dans la Légion, et parti perdre son bras droit en Champagne, Cravan disparaît, parcourt l'Europe avec de faux papiers, se fait chauffeur de taxi à Berlin. De loin en loin et sans entraînement, il pratique la poésie et la boxe, vient de se faire casser la gueule par le champion du monde, a papoté avec Trotsky à bord du *Montserrat*, il quitte New York et son grand amour Mina Loy pour le Mexique où sa trace aussitôt se perd – dont demeurent quelques affiches de combats de boxe à Mexico et Veracruz.

À mesure que le nom de Traven est connu et ses romans traduits, après qu'il a écrit *Le Trésor de la Sierra Madre*, on enquête, émet des hypothèses, soupçonne Arthur Cravan, ou Jack London qui aurait maquillé son suicide pour fuir ses créanciers, ou encore Ambrose Bierce, disparu lui aussi au Mexique pendant la guerre. On peut s'étonner, être jaloux, à une époque où un cheveu oublié dans une chambre d'hôtel suffit à vous identifier. Traven se souvient qu'avant la Première Guerre, « il suffisait de présenter une enveloppe vide avec une adresse et pourvue d'un timbre oblitéré pour voyager de Berlin à Philadelphie, de Hambourg à Bornéo, de Bruxelles en Nouvelle-Zélande ». Et puis tous ceux-là choisissent le Mexique en révolution depuis des années, un pays où de larges territoires échappent au contrôle de l'État, un pays d'émigrants et de déracinés, le pays de la solitude aussi, selon Octavio Paz, un pays où l'on considère toujours aujourd'hui comme un manque de tact de demander à quelqu'un ses occupations, ses origines ou ses projets.

Traven se prétend né à San Francisco, où toutes les archives de l'état civil ont disparu dans le grand incendie. On mettra des années pour établir le lien avec Ret Marut, l'anarchiste disparu de Munich sans laisser de traces, l'éditeur de la revue *Der Ziegelbrenner*, *Le Fondeur de briques*, dont il écrivait seul les articles. Et comme Cravan on l'accuse de défaitisme, et de tirer dans le dos de l'armée allemande en guerre pendant que Cravan tire dans le dos de l'armée française. Ces deux-là en effet avaient assez en commun, et auraient pu choisir ensemble le pseudonyme de Travan ou Craven.

Après l'échec de la révolution à Munich, Ret Marut s'enfuit par la Hollande. La police le coince à Londres où il se prétend polonais. Favorisé dans son effort de dissimulation, il jouit d'un physique quelconque et d'un visage commun. Sur l'un de ses permis de séjour au Mexique, établi au nom de Torsvan, ingénieur norvégien, on lit cheveux blonds, yeux bleus. On peut aussi, à l'inverse, adopter la méthode Trotsky : se composer une image à ce point reconnaissable partout sur la planète, à deux ou trois détails qu'il suffit de faire disparaître, les lunettes rondes et la moustache et la barbiche, pour passer inaperçu et avoir la paix. Qui pourrait se douter, en cet hiver trente-quatre où il quitte ses planques de Barbizon ou de Lagny pour aller faire un petit tour à Paris, feuilleter aux caisses vertes des bouquinistes, d'avoir croisé au retour, assis dans ce tortillard, derrière ce paisible banlieusard glabre et miro plongé dans un livre, le chef de l'Armée rouge en cavale ?

On établira plus tard que, depuis Londres, Ret Marut a embarqué à bord du navire norvégien *Hegre*. Il vit de petits boulots à Tampico, écrit des poèmes et un premier roman, *Das Totenschiff*, *Le Vaisseau des morts*, décrit ces poubelles plus ou moins flottantes où s'entassent les émigrés et les affamés rescapés de la Grande Guerre. Il fomente grèves et soulèvements dans ces milieux que fréquente le futur général nicaraguayen Sandino, s'en va vivre au Chiapas au milieu des Indiens sous le nom de Torsvan, plus tard au fond d'une finca retirée dans les environs d'Acapulco. Pour Ret Marut qui fut Torsvan, et Croves, et Traven, et beaucoup d'autres, comme pour Cravan, se soustraire à l'état civil c'est se soustraire à l'État, une manière anarchiste de mener sa vie : « Je suis plus libre que n'importe qui, je suis libre de choisir les parents que je veux, la patrie que je veux, l'âge que je veux. »

C'est aussi, chez le neveu du génial paria Oscar Wilde, la crainte et la haine de l'autorité qui toujours vous condamne et vous humilie pour le plaisir. Et l'écrivain anglais Malcolm Lowry, dans son roman *Under the Volcano*, montrera l'oncle de Cravan dans une tenue identique à celle de Trotsky dix ans plus tard, Oscar Wilde en train de devenir Dorian Gray et déjà d'enlaidir : « Au mois de novembre 1895, entre deux heures et deux heures et demie, un après-midi, en tenue de bagnard, menottes aux mains, au su et au vu de tous, Oscar Wilde avait attendu debout sur le quai central de la gare de Clapham Junction. »

Lorsque John Huston débarque à Tampico, adapte au cinéma *Le Trésor de la Sierra Madre*, et que le film obtient trois oscars, les producteurs aimeraient voir figurer sur les photographies l'auteur du roman en compagnie de Humphrey Bogart et de Lauren Bacall. Le mystérieux Traven refuse. On découvrira plus tard qu'il a assisté au tournage sous le nom de Hal Croves. L'ancien membre des Conseils révolutionnaires de Munich devient une star invisible à Hollywood. Il continue d'utiliser le labyrinthe de ses boîtes postales pour empocher les biftons de l'industrie cinématographique capitaliste.

Les rois et les princes,
Les millionnaires et les présidents portent du coton,
Mais l'humble cueilleur de coton
Doit gagner à la sueur de son front chaque maudit centime
En route pour les champs de coton,
Le soleil monte, monte dans le ciel,
Mets ton sac au dos,
Resserre ta ceinture,
Écoute, la roue tourne.

B. Traven

Grieg & Lowry

Mon travail le plus dur était de piquer la rouille des treuils et ce qu'on ne peut pas piquer on l'enlève avec ses ongles, ses dents.

MALCOLM LOWRY

Ni planques ni faux papiers ni pseudonymes chez Lowry le piqueur de rouille, le fils du grand marchand de coton de Liverpool, le capitaliste de chez Buston & Co import-export. Enrichi dans les sucres des Antilles et les pétroles de Tampico, chrétien évangélique et antialcoolique, Arthur Lowry gère des filiales dans les trois Amériques et au Proche-Orient.

D'être né sous ces ciels de suie, dans l'ennui de la bourgeoisie et à l'embouchure du fleuve Mersey dans la beauté de l'industrie maritime, on rêve de s'enfuir au Fouta-Djalon ou à Saigon. À dix-huit ans, Lowry avant d'entrer à Cambridge embarque à bord du cargo *Pyrrhus*. Comme ceux de Trotsky ses yeux sont très bleus mais ses bras courts et ses mains rondes, d'une force exceptionnelle. Il conservera cette démarche des hommes de pont, les jambes un peu écartées. Comme Cravan il pratiquera la boxe et la poésie. Canal de Suez, Port-Saïd, Singapour où le navire chargera en pontée des animaux sauvages pour les zoos de l'Europe, la Chine au bord de la guerre civile, Shanghai, Hong Kong, Yokohama et jusqu'à Vladivostok. Il souscrit à la phrase de Melville selon laquelle « un baleinier fut pour moi Yale et Harvard ». À bord il prend des notes, entame la composition de son premier roman, *Ultramarine*. C'est encore tout empli de Conrad et de Melville et de Dana. Puis il découvre la traduction du livre d'un jeune écrivain norvégien, Nordahl Grieg, *Skibet gaar videre*, *Le navire poursuit sa route*. Il a trouvé son Doppelgänger. Dès son retour en Angleterre, il embarque comme soutier sur un navire norvégien qui appareille sur lest pour le port d'Arkhangelsk sur la mer Blanche, débarque à Oslo et cherche Nordahl Grieg, le rencontre, entreprend aussitôt l'écriture d'un autre roman : *In Ballast to the White Sea*, *Sur lest vers la mer Blanche*.

À Cambridge c'est l'amas des livres, des disques de jazz et des bouteilles, la petite fabrique de poésie. John Davenport qui deviendra son ami, l'éditeur de *Cambridge Poetry*, écrit que dans sa piaule « ses livres révélaient l'éclectisme de l'ouvrier en littérature. Chez d'autres étudiants tout comme chez lui on trouvait les auteurs élisabéthains, et Joyce, et Eliot, mais combien d'entre eux connaissaient alors Knut Hamsun, Herman Bang, B. Traven et Nordahl Grieg ? ». À la fin de ces années vingt, le stalinisme et le trotskysme infiltrent les universités britanniques. Certains des condisciples de Lowry, comme Kim Philby, ou encore Donald Maclean qui est son partenaire au tennis, choisiront de trahir la Couronne et de se faire taupes soviétiques. D'autres comme John Cornford et Julian Bell s'en iront mourir en héros auprès des républicains espagnols. Lowry ne cherche pas à libérer les hommes, il cherche à écrire le Volcan.

Son égoïsme n'est pas le bel égoïsme politique de Traven ou de Cravan, l'individualisme anarchiste comme condition de la fraternité des hommes, c'est le solipsisme du génie insensible à l'abstraction du pluriel des hommes mais sensible à celui-là, l'homme seul, debout au comptoir du pub qui bientôt va fermer. À l'égard du monde le génie est souvent conservateur. C'est dans son livre que doit éclater la Révolution. Ça mettra vingt ans.

Il écrira ses échecs, et lorsque lui manqueront les échecs veillera à échouer encore, à échouer encore mieux. Il écrira son amour pour Jan Gabrial rencontrée à Grenade, et qu'il poursuit de l'Espagne aux Amériques, de New York à Hollywood, puis Acapulco, Mexico, inventera son alter ego le Consul mystique et ses borracheras au fond des cantinas. Ce qu'il veut chanter c'est la plus belle histoire d'amour de toute la littérature, et dire aussi la déréliction et la misère de l'homme sans Dieu, composer l'hymne aux déchirures des amours impossibles. Les talons hauts des escarpins rouges de la trahison. Le petit bimoteur rouge vif et luciférien qui emporte Jan, et sous ses ailes tout le fracas de l'Histoire et la présence de Trotsky au Mexique.

Et bien sûr parfois il doute, conçoit du remords de n'être pas héroïque. Lowry passera toute la Deuxième Guerre mondiale enfermé dans une cabane sur la plage de Dollarton près de Vancouver, en Colombie-Britannique, à l'extrême ouest du Canada paisible : le monde s'écroule en flammes autour de la cabane et Diogène écrit le Volcan.

Il éprouvera du remords lorsqu'il apprendra la mort héroïque de Nordahl Grieg, son double solaire, icarien, l'auteur du *Navire poursuit sa route* paru avant *Ultramarine* et meilleur qu'*Ultramarine*. Après ce roman, Grieg n'a cessé d'en publier d'autres comme si le travail pour lui n'était rien, comme si, le sourire aux lèvres et sans interrompre sa marche souple, sans les années de réclusion et de torture au milieu de l'amas des livres, des disques de jazz et des bouteilles, Grieg l'éphèbe semait les œuvres au petit bonheur et s'occupant de tout autre chose. Grieg publie des recueils de poèmes, des récits de voyages, ne cesse de parcourir le monde et mène sa vie d'aventurier. La guerre civile en Chine, puis deux ans à Moscou d'où il revient révolutionnaire, plus tard la guerre d'Espagne. Les bombes pleuvent partout sur la planète et Lowry qui n'a rien publié depuis *Ultramarine* écrit le Volcan.

Grieg vient de faire paraître l'essai prémonitoire *Ceux qui meurent jeunes*, hommage à Keats, Shelley, Byron, et plus tard Lowry écrira sur Keats, Shelley, Byron. Au printemps de quarante, pendant que Trotsky est une première fois attaqué à la mitraillette dans sa maison de Coyoacán, pendant que se resserre sur lui l'étau, pendant que Lowry dans sa cabane achève une troisième version du Volcan, mais il en faudra six, Grieg le héros est chargé de convoyer l'or de la Norvège vers l'Angleterre pour le soustraire aux nazis. À Londres, il devient speaker de la radio clandestine, multiplie les reportages à bord des navires de guerre, des sous-marins, des bombardiers qui se lancent vers Berlin. Il est abattu en vol. Son avion explose dans le ciel de Potsdam en quarante-trois, pendant que Lowry dans sa cabane écrit le Volcan, mais l'héroïsme c'est d'écrire le Volcan, de donner sa vie pour écrire le Volcan, de signer le pacte faustien qu'il faudra bien payer plus tard de sa santé mentale, mais on aura écrit le Volcan.

Le 7 juin 1944, l'avenir du monde se joue sur les plages de la Normandie, l'issue des combats est indécise, et la cabane s'enflamme sur la plage de Dollarton. Lowry sauve du brasier le manuscrit du Volcan pendant que les deux mille pages de celui du Ballast se consument au milieu des poutres noircies, des livres calcinés, des disques de jazz fondus, des bouteilles qui éclatent. Dès sa sortie de l'hôpital de Vancouver où ses blessures ont été soignées, il reprendra le Volcan, reconstruira de ses mains la cabane et la jetée. Et la cabane devient le rêve de bonheur impossible d'Yvonne, la femme du Consul, la rédemption du paradis froid de la Colombie-Britannique loin de l'enfer brûlant du Mexique. « Elle la voyait distinctement à présent. Petite, couverte de bardeaux gris argenté battus par la pluie et le vent, avec une porte rouge. »

Pendant dix ans de sa vie, Lowry écrit dans cette cabane et nage en bas dans l'eau froide. « Ils verraient du haut de leur jetée, sur le fond de l'eau limpide, des étoiles de mer turquoise, vermillon et violet, et des petits crabes marron velouté se défilant entre les pierres. » Et autour de la cabane il convoquera tout le grand charroi de l'Histoire, et les fresques des peintres muralistes mexicains Diego Rivera et José Clemente Orozco, et la guerre d'Espagne, et le grand nom de Trotsky, lequel sonnera deux fois comme un angélus, dans le premier chapitre du Volcan et dans le dernier, le douzième, à la fin du tour de cadran de cette seule journée de cinq cents pages.

Il enverra ça chez les éditeurs et repartira pour le Mexique.

la maison bleue

Dès ce premier soir du 9 janvier 1937, c'est un hôte encombrant, Trotsky le proscrit. Le général Beltrán et la petite escorte qui les entourait depuis Tampico jusqu'à Mexico les abandonnent aux bons soins de Frida Kahlo. Leur mission est accomplie. Diego Rivera apporte de chez lui une mitraillette Thompson, convoque quelques amis armés de pistolets. On attend l'arrivée des gardes du corps qu'il va falloir ensuite loger. Poursuivi par la haine conjointe et sanguinaire de Hitler et de Staline pour le youpin Lev Davidovitch Bronstein, on sait bien que la survie du proscrit est fragile.

On attend aussi la livraison des archives ou ce qu'il en reste. En Turquie, sur l'île de Prinkipo, elles ont en partie brûlé dans l'incendie de la maison. À Paris elles ont été en partie volées par un commando stalinien, en Norvège en partie détruites par un commando nazi. Après les trois semaines de mer à bord du pétrolier norvégien, les heures dans le train *Hidalgo* depuis Tampico, Trotsky cherche dans la maison bleue de Frida Kahlo un bureau. Il attend l'arrivée de sa secrétaire russe, surtout celle de son homme de confiance, Jean van Heijenoort, dit le beau Van, l'homme-orchestre, qui l'accompagne depuis son exil turc.

Trotsky est assis dans un fauteuil en rotin au fond du jardin, voit les sculptures indiennes dispersées sous les arbustes, les fleurs tropicales dont il ignore le nom, des fougères, des fontaines, des oiseaux, des cactus dans des poteries rouges, des chats, des chiens, une poule, un aigle que Frida appelle Gran Caca Blanco, un cerf, un singe-araignée que Frida appelle Fulang-Chan, un perroquet, on passe à table, et il découvre l'aguacate, les quesadillas à la fleur de courgette, les enchiladas, les chiles en nogadas, le tequila dont l'éléphantesque Diego Rivera emplit son verre. Diego lui montre les murs du jardin faits de blocs de pierre volcanique où ressortent les ocres et les rouges de la lave crépusculaire, et teintent l'atelier de Frida comme une cheminée de volcan, une descente au centre de la terre.

Le volubile Diego lui apprend qu'il est au cœur de Coyoacán, non loin du palais de Hernán Cortés, et de celui de la Malinche qui fut la maîtresse indienne de Cortés, en ce lieu où les conquistadores fourbus coiffés de fer rouillé découvrirent la ville que les Aztèques, des siècles plus tôt, arrêtés dans leur migration par la vision prophétique d'un aigle posé sur un cactus et dévorant un serpent, avaient bâtie sur une île et au milieu des volcans, la vaste cité de Tenochtitlán, dont Cortés ébloui écrit à son roi qu'elle est « si grande et si extraordinaire que je pourrais dire encore beaucoup sur elle, mais je me contenterai de dire qu'elle est presque incroyable ». Mais c'est assez pour ce soir, Trotsky remercie Rivera, ils reprendront cette conversation plus tard, il a demandé au beau Van, parmi les mille choses qu'il lui a demandées, de faire livrer ici toute une bibliothèque sur l'histoire du Mexique, il verra ça à tête reposée, il est ainsi, Trotsky, il préfère les livres, travailler seul. Ce soir, les images qu'il tourne en son esprit ne sont pas encore mexicaines.

Ce sont des images russes et des images de neige et de glace et des images de la Norvège. Assis dans le jardin, le lendemain, il remue encore des images de son dernier départ des Amériques en dix-sept jusqu'à ce retour aujourd'hui en trente-sept. Ces vingt années et le grand fourvoiement du train de l'Histoire, les locomotives noires perdues dans le brouillard, et il retrouve le texte qu'il avait écrit sur les locomotives symboles du Progrès : « Les révolutions, selon Marx, sont les locomotives de l'Histoire : elles avancent plus vite que la pensée des partis à moitié ou au quart révolutionnaires. Celui qui s'arrête tombe sous les roues de la locomotive. D'un autre côté, et c'est là le principal danger, la locomotive elle-même déraille souvent. »

Celle de la révolution russe a depuis longtemps quitté la voie.

Il a toujours pensé qu'il suffisait d'avoir raison et en cela même il eut tort. Il croyait que l'exemple suffirait, l'action, le courage physique, la probité, la raison. Il est un héros de l'Antiquité, un homme de Plutarque. Et dès la victoire de la révolution à Petrograd, à Moscou, plutôt que de demeurer dans les lieux du pouvoir il repart. Il fait assembler le train blindé, parcourt les fronts, le *limes* rouge, bouscule les Blancs et leurs détachements de Cosaques. Le train du Conseil révolutionnaire de la Guerre semble être partout à la fois. Il jaillit de la neige et du brouillard et galvanise les troupes débandées. Des dizaines de milliers de kilomètres parcourus tout au long de la guerre civile.

Trotsky inspecte les campements, apporte des armes et des commandos capables de prêter main-forte. Le train est si lourd qu'il est tracté par deux grandes locomotives noires à l'étoile rouge dont l'une est toujours sous pression et prête au départ. Les yeux fermés, comme s'il marchait le long des rails, il remonte un à un les wagons du train blindé dans lequel il a passé plus de deux ans de sa vie, dans le rêve d'une société utopique en marche, un monde d'autarcie, d'ordre et de raison, parfaitement huilé. On voit grandir à l'horizon l'étoile rouge et derrière elle la locomotive noire qui approche.

Dans les wagons une imprimerie pour le Journal du train, une station télégraphique, une radio et une antenne qu'on déploie aux arrêts pour prendre les nouvelles de la planète, un wagon de vivres et de vêtements, du cuir pour coudre des bottes, du matériel de génie et des réserves de traverses pour réparer les voies sabotées, des groupes électrogènes, un wagon-hôpital, un wagon de bains-douches, deux wagons de mitrailleuses, un wagon-citerne de carburant et un tribunal révolutionnaire, des wagons-garages capables d'emporter des camionnettes et des automobiles. Au milieu du train qu'il parcourt de mémoire, le réduit du commissaire du peuple est un bureau-bibliothèque, flanqué d'un cabinet de toilette et d'un divan. La table de travail occupe tout un côté, surmontée d'une grande carte de la Russie. De l'autre côté les rayonnages, les encyclopédies, les livres classés par auteurs et par langues. Alfred Rosmer, qui vécut plusieurs semaines à bord du train, y feuillette une traduction française de l'œuvre philosophique d'Antonio Labriola, y trouve le Mallarmé de *Vers et Prose* à couverture bleue, de la Librairie académique Perrin.

Lorsqu'il descend sur le ballast, Trotsky porte un long manteau de cuir noir et une casquette à l'étoile rouge. Les deux cents hommes de la troupe d'élite du train blindé portent des vestes de cuir noir, un bonnet conique et au bras l'étoile rouge. Comme tout Russe lettré, dès qu'il voit des rails, Trotsky ne peut s'empêcher de retrouver Tolstoï et son *Anna Karénine*, de se souvenir qu'avec délices « Anna Arkadiévna respirait à pleins poumons l'air froid plein de neige et, se tenant près du wagon, regardait le quai et la station illuminée ». Mais c'est la guerre. Il lui faut bien quitter son wagon-bibliothèque, monter sur les talus le long de la voie, haranguer les combattants et les enflammer, distribuer le Journal du train, rassembler les déserteurs et les collaborateurs de la Légion tchèque et en fusiller quelques-uns. Sur les rives de la Volga, Trotsky rejoint les forces de la Flotte rouge, embarque sur le torpilleur de Fédor Raskolnikov. À bord se trouve Larissa Reisner. Ils vont s'emparer de Kazan.

Il regarde Natalia et Frida prendre le thé et chercher le nom des plantes autour d'une table de jardin, dans le patio empli de chants d'oiseaux, au milieu des cactus, des bougainvillées, des orangers et des idoles en terre rouge, et revoit Larissa. Il lui semble que Frida lui fait un clin d'œil mais c'est peut-être le jeu de la lumière sur un verre ou la fontaine. Plus tard, le beau Van lui apprendra le mot ojeadas ou œillades. C'était au grand soleil d'août, sur l'île de Sviajsk, au milieu de la Volga, qu'ils avaient préparé l'attaque de Kazan.

Chaque soir, Diego Rivera vient dîner, reprend l'histoire de son Syndicat des peintres révolutionnaires fondé au début des années vingt avec d'autres muralistes, les

Dieguitos – David Alfaro Siqueiros, José Clemente Orozco, Xavier Guerrero –, avec lesquels Rivera avait aussi créé le journal communiste *El Machete*, avant que la brouille ne s'installe entre les Macheteros, et que l'opposition entre Staline et Trotsky ne fasse voler en éclats la petite bande dont il énumère les noms, que Trotsky ne parvient pas à mémoriser.

Rivera dessine les arcanes élisabéthains de leurs amours et de leurs querelles, le panier de crabes. Trotsky apprend que Frida Kahlo et Diego Rivera se sont mariés dans la maison de la photographe révolutionnaire Tina Modotti, elle aussi membre du Parti, mais stalinienne, Tina la Traîtresse. Frida Kahlo a vingt-neuf ans, elle a les seins petits et très haut perchés, leurs bouts sont très bruns, ainsi qu'on les voit sur une photographie d'elle le torse nu, prise peut-être par Tina Modotti, le regard fier, un pistolet à la ceinture de sa jupe longue. Trotsky ne les a pas vus encore, les seins de Frida.

De soir en soir, il essaie de retenir les noms, commence à comprendre qu'il a quitté une souricière pour une autre, la norvégienne pour la mexicaine. En mai quarante, c'est l'un de ces peintres muralistes, David Alfaro Siqueiros, qui fomentera contre lui le premier attentat à la mitraillette. De cette petite bande, seuls certains noms lui sont déjà connus. Sandino bien sûr et aussi peut-être Traven. Maïakovski surtout, le poète russe dont il a écrit l'éloge. Celui-là avait embarqué à Saint-Nazaire pour Veracruz, écrit à bord *L'Océan Atlantique*, séjourné à Mexico au milieu de la petite bande, avant de rentrer se tirer une balle dans le cœur à Moscou.

à Kazan

Après avoir quitté Mexico pour Moscou, salué la mémoire de John Reed, l'auteur des *Dix jours qui ébranlèrent le monde*, enterré avec les honneurs sur la Place rouge, mort ici du typhus deux ans après la révolution d'Octobre, et qui pourtant avait survécu à la révolution mexicaine et combattu auprès des hommes de Pancho Villa, j'avais longé les murailles rouges et les créneaux de briques du Kremlin, les bulbes colorés des basiliques, et le grand mausolée de Lénine en me souvenant de celui de Hô Chi Minh à Hanoi, et embarqué le lendemain dans le train Transsibérien en gare de Iaroslav.

À Nijni-Novgorod qui fut Gorki, j'avais croisé Zakhar Prilepine dont j'avais lu *Des chaussures pleines de vodka tiède*, puis repris le train pour Kazan au confluent de la Volga et de la Kazanka. J'allais voir l'île de Sviajsk, et les lieux de la première victoire de l'Armée rouge. Depuis le port fluvial de Kazan, deux heures de navigation sur la Volga vers l'aval, sur le grand fleuve bordé de forêts et ourlé de sable blanc, amènent sur l'île où Ivan le Terrible lui aussi, au milieu du seizième siècle, avait préparé sa victoire sur les Tatars, et patienté dans la neige tout un hiver avec ses cinquante mille hommes.

À l'été de 1918, Trotsky est loin de pouvoir compter sur de tels effectifs. C'est toujours la guerre mondiale. L'ancien empire du tsar est attaqué sur toutes ses frontières et dépecé. Au nord, les Alliés ont débarqué dans le port d'Arkhangelsk, au sud les Allemands tiennent l'Ukraine et la Crimée, à l'est les Japonais se sont emparés de Vladivostok. La fragile et naissante Armée rouge est partout harcelée par les bataillons des Russes blancs. Kazan est occupée par la Légion tchèque forte de vingt-deux mille hommes, laquelle pose un verrou sur la Volga, et interdit toute progression vers l'Oural.

Je marchais dans l'île comme j'ai arpenté les plaines de Wagram et de Waterloo, et marché sur la rivière Bérézina gelée en Biélorussie, des lieux où il n'y a rien à voir ni à faire, sinon se concentrer sur l'Histoire et se dire qu'on est ici, visitai le monastère de la Dormition qui fut une prison, puis un hôpital psychiatrique, avant d'être renvoyé à sa vocation première. Dans un petit bistrot en planches au bord du fleuve scintillant, deux popes joyeux, vêtus de noir et portant barbes rousses, s'enfilaient des grillades et des verres de bière. J'écoutais d'une oreille distraite la traduction des propos aberrants d'un historien local ou malade mental, lequel affirmait que Trotsky se livrait ici à des messes noires, et rendait un culte à Judas, auquel il avait d'ailleurs fait élever une haute statue, heureusement détruite aussitôt son départ par la population de l'île. Et, voyant que je bronchais à ces propos, il n'en poursuivait pas moins ses âneries, où se mêlaient la haine immémoriale du Juif et le souvenir des affiches de la propagande stalinienne, sur lesquelles Trotsky apparaissait en diable enflammé à sabots fendus et queue fourchue, armé d'un trident, et menant le pauvre peuple russe vers les fourneaux de l'enfer.

Sous la plume de Trotsky, Larissa Reisner, engagée dans les combats dès les premiers coups de feu de la Révolution, est « une figure de déesse olympienne ». Il loue sa « fine intelligence à l'ironie aiguë et au courage de guerrier ». Elle a participé à la prise de la forteresse Pierre-et-Paul, est devenue la flamboyante compagne de Fédor Raskolnikov qui commande la Flotte rouge de la Caspienne, le beau Fédor aux yeux bleus, l'étudiant pauvre et orphelin qui s'était fait marin, à présent commissaire à l'État-Major général de la marine. En cet été de dix-huit, ils ont tous les deux vingt-six ans et Trotsky trente-neuf. Ils lancent leur attaque fluviale, se jettent à l'assaut du kremlin blanc de Kazan, la ville où Tolstoï avait passé sa jeunesse, où Lénine avait été chassé de l'université, après que son frère Alexandre avait été pendu pour terrorisme.

La Légion tchèque vaincue se replie en suivant la ligne du Transsibérien vers l'est, vers Ekaterinbourg, où seront assassinés le dernier tsar qui ne l'avait pas volé et sa famille qu'on aurait pu épargner, au fond d'une cave de la maison du marchand Ipatiev. Et depuis quelques années, les bigots ont élevé là l'église Sur-le-Sang-versé, sise, par ironie peut-être, rue Karl Liebknecht, dont le sang fut aussi versé. Mais sans qu'il soit fait mention de son assassinat, ni de celui de Rosa Luxemburg. Sans qu'il soit fait mention non plus du Dimanche rouge, des morts dans la neige après que les affamés étaient venus réclamer du pain sous les fenêtres du Palais d'hiver. Sans qu'il soit fait mention du poème que leur dédie Ossip Mandelstam : « Chaque bonnet d'enfant, chaque gantelet, chaque châle de femme abandonné ce jour-là piteusement sur la neige de Saint-Pétersbourg rappelait à chacun que le tsar devait mourir, que le tsar mourrait. »

Remontant la Volga un siècle plus tard, à bord de la petite embarcation pacifique des bateliers, il est plus difficile de s'imaginer libérer Kazan, et arracher aux Tchèques l'or du Trésor impérial. La ville est devenue la capitale du Tatarstan plus ou moins indépendant. La mosquée Kul Sharif, cadeau du roi d'Arabie saoudite, dresse ses hautes coupoles bleues au-dessus du kremlin blanc, et prétend au titre de plus grande mosquée de l'ancien empire de l'athéisme. Parce qu'on ne saurait s'arrêter en si bon chemin, et parce que j'y suis invité, parce que les États fraternellement réunis de la France et de la Russie, en leur grande générosité, me le proposent, et que tout cela ne me coûtera pas un kopeck, je me lance à la conquête de l'Est, en direction d'Omsk et de Novossibirsk. La ligne se met à frôler la nuit la frontière du Kazakhstan, où Trotsky avait été déporté, dix ans après la victoire de Kazan.

Sur ma couchette du Transsibérien comme depuis le train blindé, j'attends immobile que viennent à moi les villes légendaires et verniennes, les villes de Sibérie interdites aux étrangers jusqu'à la disparition de l'Union soviétique. Krasnoïarsk la Ville rouge sur l'immense fleuve Ienisseï, où sont encore les rues Marat et Robespierre, et partout les statues de Lénine, et Irkoutsk où pour la première fois, sous le faux nom de Trotsky, le jeune Bronstein était monté dans ce train. Les deux grands centres administratifs du Goulag où avait transité Ossip Mandelstam déporté par Staline.

Dans ces contrées mythiques où court Michel Strogoff courrier du tsar. Jules Verne, suffisamment confiant sans doute en son talent, et bien que ces territoires ne fussent pas à l'époque interdits d'accès, n'avait pas jugé nécessaire de se déplacer, et seulement fait relire sa copie par Tourgueniev.

Puis ce sont les jours et les nuits roulant dans la confusion des longitudes, le lent trajet sur la voie étroite au milieu des forêts sombres de mélèzes et de pins dont les branches paraissent à portée de main, bancs de fleurs bleues et orange comme de grands coups de pinceau à gouache dans le vert tendre de juin, progressant à la hauteur d'un cavalier en selle et comme au pas calme d'un cheval. Ni routes ni grillages ni constructions. Parfois un pont sur une rivière, puis des centaines de kilomètres de bouleaux au tronc argenté. Les jambes allongées sur la banquette, assis face à la grande fenêtre rectangulaire, relisant les printemps de Tolstoï, « sous le brouillard bleuâtre, la glace craquait, et des torrents écumeux coulaient de toutes parts », voyant fleurir sur la page l'immense beauté du printemps russe et, de temps à autre levant les yeux, le voyant là, découpé par le grand écran rectangulaire encadré de rideaux beige, le cœur dilaté de bonheur simple et paisible, « le matin, le soleil se levait clair, fondait rapidement la glace très fine qui recouvrait les eaux, et l'atmosphère échauffée tremblait, emplie des vapeurs de la terre ravivée. La vieille herbe jaunie reverdissait, les bourgeons des groseilliers, des framboisiers, des bouleaux se gonflaient, et sur les champs couleur d'or bourdonnaient des abeilles ». Au rythme cadencé des roues sur les raccords des rails, la taïga des sapins, des cèdres et des trembles. Enfin la Sibérie, l'immense part vierge et vide de la planète depuis cette ligne de chemin de fer tout au sud jusqu'au cercle polaire. Le traîneau du proscrit Trotsky sous la forêt enneigée, et le lac Baïkal à lui seul grand comme la Belgique, le bleu pur et infini, où les grands poissons des profondeurs s'étaient nourris de légionnaires tchèques lorsque les glaces s'étaient rompues à l'été de dix-neuf, un an après leur déroute à Kazan. Et les survivants avaient repris leur fuite éperdue devant l'Armée rouge qui les talonnait, qui progressait, et les poussait vers le Pacifique.

Parfois de vieilles femmes courbées dans un potager devant les isbas, des villages sibériens aux maisons en rondins de mélèze. Petites églises en bois au toit peint en bleu au milieu d'un cimetière. Dans le ciel très haut les stries de nuages mordorés. À contre-jour en silhouettes noires des vols d'oies cendrées ou de bernacles. Au bord de la voie, les tonneaux à roulettes de kvas, ce vin de seigle qu'on boit chez Cendrars. À l'horloge des gares chaque matin l'heure nouvelle. Des vendeurs de cigarettes et de vodka, de fruits et de plats mijotés. Les convois, dans l'autre sens, au hasard des arrêts, sont emplis de jeunes soldats en pantalon de treillis et le torse nu et blanc, de jeunes conscrits livides affalés sur leurs châlits ou assis devant des gamelles de kacha, des commandos spetsnaz emportés vers les guerres modernes de la Tchétchénie, de la Géorgie et de l'Ossétie. La grande locomotive reprend son chemin vers l'Extrême-Orient russe, Oulan-Oudé et la Bouriatie à la lisière des steppes mongoles. Des yourtes et des petits chevaux râblés et des chamanes sans doute, et dans les rayonnages de mon compartiment une bouteille de vodka noire de l'Altaï au milieu des rayonnages de la bibliothèque, des œuvres de Tolstoï et

Roman de Sorokine, *La Steppe rouge* de Kessel, *Éloge des voyages insensés* de Golovanov et des Volodine sous pseudonymes. Grand ferraillement des boggies au franchissement du fleuve Amour. Après Khabarovsk, contournant la frontière chinoise, et descendant plein sud, après avoir traversé une moitié de la planète et tout un bouquet de fuseaux horaires, le train entre en gare de Vladivostok, le port de l'Est, dont Ouborevitch, à la tête des troupes de l'Armée rouge, s'était enfin emparé en octobre 1922, cinq ans après la révolution d'Octobre, et quatre ans après la victoire de Kazan.

En 1937, pendant que Trotsky, le vainqueur de Kazan, est à Coyoacán dans la maison bleue de Frida Kahlo, le valeureux Ouborevitch, le vainqueur de Vladivostok, est condamné pour trotskysme et exécuté. Il ne sera réhabilité qu'en 1957, l'année de la mort de Lowry, lequel avait abordé Vladivostok en 1927 à bord du cargo *Pyrrhus*. Et depuis ma chambre de l'hôtel Azimut, tour de béton perchée au sommet de la petite ville pentue, pas très éloignée de la frontière de la Corée du Nord, contemplant depuis la baie vitrée les bâtiments militaires au mouillage, et au-delà les eaux grises et froides du Pacifique, j'imaginais en face Vancouver, et la Colombie-Britannique dont rêve le Consul de Lowry : « Ah ! La Colombie-Britannique ! Cette Sibérie policée qui n'était ni sibérienne ni policée mais un paradis vierge et peut-être un paradis inexplorable n'était-elle pas la solution ? Y retourner, y bâtir, sinon sur l'île, au moins quelque part, y vivre une vie nouvelle en compagnie d'Yvonne. »

Après ce grand tour de roue Ferris depuis Mexico via Moscou, assommé de vertige et de fatigue, debout à l'aube devant la baie de l'hôtel Azimut, une cigarette à la main et le front contre la vitre, il me semblait distinguer très nettement à l'horizon la cabane sur la plage de Dollarton où Lowry finit le Volcan. Quittant l'île de Vancouver, un ferry, ou un petit paquebot tout blanc, franchit le détroit du Burrard Inlet, descend le long de la côte américaine, longe la Californie, poursuit son cabotage vers Acapulco où Lowry commence le Volcan. Et découvre la présence de Trotsky au Mexique.

dernier amour

Pendant qu'on exécute pour trotskysme, en Russie, Ouborevitch le vainqueur de Vladivostok, Trotsky reprend peu à peu son labeur à Mexico. Cette année-là, Ossip Mandelstam traîne encore ses chaînes dans le gel sibérien de la Kolyma. Il mourra d'épuisement l'an prochain. Et aussi des milliers de petites gens qu'on accuse de trotskysme comme on accuse son chien de la rage, et qui découvrent ce mot qu'ils n'avaient jamais entendu prononcer. Dans *Le Vertige*, Evguénia Guinzbourg, elle-même arrêtée à Kazan et déportée pour trotskysme au-delà de Magadan, mentionne cette vieille paysanne supposée trotskyste croisée dans une prison, laquelle lui demande :

– Dis, ma fille, toi aussi tu es traktyste ?

La vieille hausse les épaules :

– Qui a inventé toutes ces histoires ? Chez nous, les vieilles on les met pas sur les tracteurs…

Peu à peu ces nouvelles dans le désordre parviennent à Coyoacán. Trotsky sait que son nom est effacé des livres d'histoire, son image découpée dans les photographies, que ses amis comme sa famille sont exterminés. Il est assis dans son fauteuil en rotin au fond du jardin de la maison bleue de Frida Kahlo, voit les oiseaux s'ébrouer dans les vasques au milieu des grenouilles et des crapauds.

C'est un jardin de contes populaires ukrainiens ou mexicains, où les grenouilles et les crapauds, d'un baiser, deviennent des princes et des princesses. Sous l'eau tranquille, le grand sourire de Larissa Reisner, l'ondine, la flamboyante compagne de Fédor Raskolnikov. Après la victoire de Kazan, on avait envoyé le couple fabuleux en Afghanistan, mener des missions d'espionnage et de diplomatie. Ils s'étaient séparés. Larissa avait vécu le nouvel échec de la révolution en Allemagne en 1923, publié *Hambourg sur les barricades*. Mais c'est dans l'euphorie de leur pleine jeunesse qu'il les revoit à Kazan, qu'il se souvient des articles de Larissa pour le Journal du train, et des phrases qu'elle avait écrites plus tard dans *Sur le front* : « Avec Trotsky, c'était la mort au combat après qu'on avait tiré la dernière balle, c'était mourir dans l'enthousiasme, oublieux des blessures. Avec Trotsky, c'était le pathétique sacré de la lutte, mots et gestes rappelaient les meilleures pages de la Grande Révolution française. »

Et Trotsky se souvient qu'au milieu de ce monde de poudre et de mort « cette belle jeune femme, qui avait ébloui bien des hommes, passa comme une brûlante météorite sur le fond des événements ». Il est assis dans le jardin de Frida et voit Frida et retrouve les phrases écrites après la mort de Larissa. « En quelques années, elle était devenue un écrivain de premier ordre. Sortie indemne des épreuves du feu et de l'eau, cette Pallas de la révolution fut brusquement consumée par le typhus, dans le calme de Moscou : elle n'avait pas trente ans. »

Raskolnikov croyait-il qu'il suffisait d'être le héros de Kazan pour dénoncer les crimes staliniens ? Après avoir accusé Staline en personne d'avoir abandonné les républicains espagnols, il avait dû s'enfuir, était mort seul, à Nice, défenestré de son hôtel par le Guépéou peut-être, ou bien après avoir plongé de lui-même, la tête emplie des souvenirs de Kazan et du sourire de Larissa, des espoirs fracassés des révolutions russe et espagnole. Trotsky voit devant lui le sourire de la belle Frida aux sourcils très noirs, au merle sur le front, la blouse indienne multicolore, les lèvres rouges qui peut-être fredonnent. Il est jaloux déjà de Rivera. La jolie princesse et le gros crapaud. Les œuvres de Rivera partout vénérées. L'amitié de Picasso, de Braque, de Soutine, de Modigliani avec lequel il partagea un temps son atelier de la rue du Départ à Montparnasse, non loin de la rue d'Odessa qui fut la première adresse parisienne de Trotsky. Il est jaloux et il s'en veut, furieusement amoureux et il s'en veut. La passion et la raison divorcent.

Il a cinquante-sept ans et c'est bien la dernière chose à laquelle il s'attendait. Il sort de la neige et de la glace de la Norvège, des griffes du Guépéou de Staline et de la Gestapo de Hitler. Si aucun pays n'avait accepté de leur délivrer un visa, le proscrit et Natalia allaient être remis aux Soviétiques et c'était la mort en Russie. Diego Rivera a su convaincre le président Lázaro Cárdenas d'accueillir les deux fuyards, il a utilisé son immense prestige pour leur sauver la vie, organisé leur accueil dans la maison bleue de sa compagne. Grâce à Rivera, il est en vie mais furieusement amoureux de la compagne de Rivera, de la Malinche, de la maîtresse indienne de Cortés qui lui avait ouvert les portes du Mexique, énuméré les dieux des Aztèques et traduit les paroles de l'empereur Moctezuma.

Lorsque le beau Van, l'homme-orchestre, commence à apporter les livres et les archives, installe la bibliothèque, Trotsky recommande certaines lectures à Frida, glisse entre les pages un petit poème ou des mots doux. La passion va l'égarer pendant six mois. Frida est touchée, bientôt conquise. Ils se retrouvent en secret dans la maison de sa sœur Cristina rue Aguayo, ou dans la chambre que son autre sœur Luisa met à sa disposition pour ses rencontres clandestines, près du cinéma Metropolitán. Il est toujours assez difficile de mener une double vie dès lors qu'on est entouré de gardes du corps.

Le huis clos de la maison bleue devient pénible et Trotsky s'enfuit, part pour son dernier exil amoureux, au nord de Mexico, s'installe avec ses gardes du corps dans une hacienda de San Miguel Regla. Il est seul devant une table poussée contre un mur de terre jaune, écrit à Natalia Ivanovna restée seule à Coyoacán. Le matin il fait seller une monture et chevauche à bride abattue dans le désert. Il invite Frida et c'est un rendez-vous de rupture. Il guérit peu à peu de sa passion, chaque jour écrit à Natalia, retrouve la raison, implore son pardon. Le chef de l'Armée rouge est un vieil homme seul qui mourra dans trois ans d'un coup de piolet dans la tête. Tous deux ont choisi de ne pas détruire ces lettres des quelques semaines de séparation, des lettres qui paraissent d'un roman russe d'avant la révolution, d'un roman de Tolstoï, c'est *Anna Karénine* et c'est le calme bonheur d'un ménage honnête face aux déboires de la passion coupable :

Trotsky, San Miguel Regla, le 12 juillet 1937 : « Voilà, j'avais vu en imagination comment tu viendrais me voir, et avec un sentiment de jeunesse nous nous presserions l'un contre l'autre, nous joindrions nos lèvres, nos âmes et nos corps. Mon écriture est déformée à cause des larmes, Natalotschka, mais y aurait-il quelque chose de plus élevé que les larmes ? Tout de même, je vais me reprendre en main. »

Natalia Ivanovna, la maison bleue, le 13 juillet 1937 : « J'ai pris du Phanodorm. Trois heures plus tard, je me suis réveillée en ressentant toujours la même écharde. J'ai pris des gouttes. Je suis si près de toi, je ne me sépare pas de toi. Ma "distraction", mon soutien, ma force, ce sont tes petites lettres. Comme elles me rendent heureuses, même si elles sont bien tristes. Je me hâte de rentrer à la maison pour les lire au plus vite. »

Trotsky, San Miguel Regla, le 19 juillet 1937 : « J'ai relu une seconde fois ta lettre. "Tous les gens sont, au fond, terriblement seuls", écris-tu, Natalotschka. Ma pauvre, ma vieille amie ! Ma chérie, ma bien-aimée. Mais il n'y a pas eu, et il n'y a pas, pour toi, que de la solitude, nous vivons encore l'un pour l'autre, non ? Rétablis-toi, Natalotschka ! Il faut que je travaille. Je t'embrasse bien fort, je couvre de baisers tes yeux, tes mains, tes pieds. Ton vieux L. »

Trotsky rentre à Coyoacán. Tout reprend comme avant. Pourtant plus tard ce sera la rupture avec Diego Rivera. De tout cela, le beau Van, qui écrira longtemps après ses Mémoires, et mentionnera le divorce de Diego et de Frida, est le témoin privilégié : « Il est possible que cette crise conjugale ait été provoquée par ce que Rivera apprit, d'une manière ou d'une autre, sur le passé. Sa jalousie était extrême, bien que lui-même trompât Frida à tout bout de champ (ou peut-être à cause de cela). Cela expliquerait peut-être aussi sa bizarre évolution politique. » Trotsky et Natalia quitteront la maison bleue de Frida, quitteront la rue Londres pour la rue Viena, à quelques centaines de mètres, dans la colonia del Carmen.

l’ennemi de classe débarque à Acapulco

Et pour lui les choses ne vont pas très fort non plus, côté couple. Il vient de quitter Hollywood où il a cherché en vain un petit contrat de scénariste. Jan et Lowry débarquent du paquebot *Pensylvania* au milieu d’un grand nuage de papillons jaunes qui tourbillonne sur les eaux bleues du Pacifique. Ils entrent en baie d’Acapulco le premier novembre, el Día de Todos los Santos, ou peut-être le deux, el Día de los Difuntos, traversent le port parmi les cérémonies funèbres et les musiques joyeuses, les pétards, les tambours et les fumigènes rouges et verts et blancs. Les deux gringos dont les bagages sont constellés d’étiquettes se dirigent vers l’hôtel Miramar. Les hauts talons des escarpins rouges se tordent aux ornières. Jan, dont il fera Yvonne dans le Volcan, est de « ces femmes d’Amérique à l’agilité gracieuse dans l’allure, au visage clair et radieux d’enfant sous leur hâle, au grain fin de la peau luisant d’une lumière satinée ».

Lowry a vingt-sept ans, un physique de boxeur, les doigts trop courts pour atteindre l’octave au piano comme à l’ukulélé. Il vient de subir une première cure de désintoxication alcoolique. Jamais encore il n’a gagné le moindre rond, et vit de la pension que chaque mois son père lui fait remettre en mains propres par des comptables obséquieux, dans les différents comptoirs d'une banque anglaise, et son ami Davenport, du temps de Cambridge, se souvient qu'un jour, quittant son amas de livres, de disques de jazz et de bouteilles, « il fut contraint de s'étriller car je devais l'accompagner à la City. Dans le plus lugubre des bureaux, à Leadenhall Street, il pénétra à pas rapides, échangea trois mots avec le chef comptable, et prit l'enveloppe qu'on lui tendait, qui devait contenir soixante-dix livres ».

Autour d'eux, le décor sera celui d'un film de John Huston, *Under the Volcano*, des Indiens en grappes, silencieux, immobiles devant des musiques atroces et des crânes en sucre blanc, le petit cercueil noir d'un enfant tout chargé de dentelles blanches, des cierges, des coups de feu tirés en l'air, les squelettes dansants en carton de la Catrina. Ces deux-là ne sont ni des proscrits ni des fuyards. Ils débarquent au Mexique parce que les alcools y sont moins chers. Depuis qu'ils se sont mariés en secret, voilà qu'ils sont deux à ne rien gagner.

C'est au lendemain du retour en Europe d'Antonin Artaud, l'arbre huizache en flammes, foudroyé, venu lui aussi calciner ses nerfs au Mexique et composer ses *Messages révolutionnaires*. Lowry comme Artaud plus tard se raidira sous les électrochocs. Il l'ignore encore. Comme il ignore que Traven, l'un de ses héros littéraires du temps de Cambridge, sous un autre nom, habite non loin d'Acapulco, planqué au fond d'une finca. Lowry se dit alors « conservateur anarcho-chrétien ». Sa vie pourrait offrir un éloge au capitalisme sauvage et à l'exploitation du prolétariat par les riches industriels anglais, la vie d'un antisocial dépravé et alcoolique qui n'aurait pas fait long feu au paradis socialiste, un bon à rien entretenu par sa famille, qui se serait vu refuser l'admission à l'Union des écrivains, la datcha et le salaire mensuel afférent, pour célébrer par le roman réaliste et optimiste la puissance des masses au travail dans une syntaxe martelée, livrée à date fixe. Mais au lieu de ces merdouilles il va écrire le Volcan.

Après que Lowry avait découvert *Blue Voyage*, il avait voulu rencontrer l'auteur du roman, Conrad Aiken, et apprendre auprès de lui. Arthur Lowry, le père, avait accepté de verser un salaire à Aiken, à la condition que celui-ci surveille l'utilisation que faisait son fils de sa pension, retienne son fils au bord du gouffre, et pourquoi pas lui apprenne aussi le métier de romancier, après tout, si jamais c'est un métier. Mais on imagine le haussement d'épaules du courtier en coton signant les chèques pour Aiken dans son bureau de Liverpool. Lowry avait embarqué à destination de Boston, s'était installé auprès de Aiken à Cape Cod, avait fumé des Balkan Sobranie sur les estacades ensablées tout en devisant de littérature, plus tard il avait accompagné Aiken en Espagne, rencontré Jan dans les jardins de l'Alhambra. C'était en juillet 1933. Ce même mois, le parti nazi devient parti unique en Allemagne.

Le monde à grand train file à nouveau vers la guerre. Ces riches désœuvrés poursuivent leurs vacances comme si c'était encore les Années folles, les coupés Panhard, les chevelures des filles à la garçonne, les talons hauts et les robes légères sur le pont des paquebots, les flirts et les fume-cigarette en ivoire. Le soir ils vont écouter du flamenco chez les Gitans de l'autre côté du ravin, voient le soleil se coucher derrière les remparts de l'Alhambra et sur les palmiers devant la neige rosée à l'horizon. Lèvent leur verre au nom du père. Puisque depuis Liverpool, c'est toujours le père qui rince.

Plus lucide, Trotsky reçoit cet été-là Georges Simenon sur l'île de Prinkipo et lui accorde un entretien. Il lui confirme qu'il est prêt à reprendre du service à Moscou lorsque les conditions le permettront. Il rédige dans l'urgence *Qu'est-ce que le national-socialisme ?*, et cette phrase : « Le temps nécessaire à l'armement de l'Allemagne détermine le délai qui nous sépare d'une nouvelle catastrophe européenne. Il ne s'agit pas de mois, ni de décennies. Quelques années suffisent pour que l'Europe se trouve à nouveau plongée dans la guerre. »

En cet été de 1933, après qu'elle l'avait expulsé en 1916, et remis aux autorités espagnoles, la France, en l'occurrence le secrétaire général du Quai d'Orsay, Alexis Leger, qui publie sous le pseudonyme de Saint-John Perse, la France donc, qui un temps parie sur la déroute de Staline, décide d'accorder un visa à « Léon Trotsky, écrivain », et, jusqu'à sa mort, son pseudonyme russe demeurera accolé, sur son passeport, à ce prénom français. Il quitte aussitôt son exil turc, embarque à bord du paquebot italien *Bulgaria* à destination de Marseille, entame une longue errance en province et traversera en un an les villes de Bordeaux, de Mont-de-Marsan, de Bagnères-de-Bigorre, de Tarbes, d'Orléans, s'installera un temps à Saint-Palais près de Royan, puis dans une planque à Barbizon, avant de fuir via Lyon vers Grenoble, et à nouveau de raser la barbiche, échouera finalement en Norvège.

Maintenant c'est trente-sept.

Après avoir chacun de son côté parcouru la planète, l'écrivain russe et l'écrivain anglais sont au Mexique. Depuis Acapulco, Jan et Lowry prennent l'autocar pour Cuernavaca puis Mexico. Chaque premier du mois, le fils s'en va recevoir en mains propres les cent cinquante dollars du père au bureau du Banco Nacional de México, rue Isabel La Católica. Chaque mois, Jan et Lowry descendent pour quelques jours à l'hôtel Canadá, avenida Cinco de Mayo.

Voilà Lowry y Trotsky en la misma ciudad.

Lowry & Trotsky

Ça n'est pas la première fois que ces deux-là sont au même moment dans la même ville. Trois ans plus tôt, Jan et Lowry habitaient rue Antoine-Chantin, dans le quatorzième arrondissement de Paris. *Ultramarine* venait de paraître chez Jonathan Cape. Lowry était parvenu à faire accepter le roman comme mémoire de fin d'études à Cambridge, avait obtenu avec ça un diplôme de littérature anglaise de troisième catégorie, colifichet attribué à la classe sociale plutôt qu'à l'étudiant, comme on noue de père en fils la cravate du club, et avait convaincu son père que, maintenant écrivain, c'est à Paris qu'il devait être, puisque c'est la capitale des Lettres. Et le salaire d'ange gardien était passé de Conrad Aiken à Julian Trevelyan, peintre anglais surréaliste, ami de Max Ernst et de Joan Miró. Jan et Lowry s'étaient mariés en secret du père, à la mairie du quatorzième, le 6 janvier 1934.

Quant à Trotsky, auquel le séjour dans la capitale était interdit, mais qui, de temps à autre, depuis sa planque de Barbizon en bordure de la forêt, venait assister à quelque réunion clandestine, rencontrer Simone Weil ou faire les bouquinistes, dans la ville où le fleuve coule encore entre deux rangées de livres, la France à nouveau hésitait. Sans renier la parole donnée, ni annuler le visa, on envisageait d'éloigner Trotsky à Tahiti pourquoi pas, à Madagascar ou à La Réunion, puisque tout ça c'était encore la France. Malraux s'insurge.

C'est l'année de *La Condition humaine* et les tribunes lui sont ouvertes. Il est allé rencontrer Trotsky en sa retraite à Saint-Palais. C'est avant la guerre d'Espagne et les avions et les mitraillettes. C'est un article, mais le relisant aujourd'hui, on y entend le phrasé d'un discours, la grande voix et la scansion emphatique du ministre gaullien, on voit les mains tremblantes balayer le visage ou la mèche, tirer le lobe d'une oreille, ça paraît dans *Marianne* : « Nous devons reconnaître un des nôtres en chaque révolutionnaire menacé ; ce qu'on chasse en vous au nom du nationalisme, au moment où il n'y a pas assez de respect pour les rois d'Espagne protecteurs des sous-marins allemands, c'est la Révolution. Il y aura cet été à Deauville de quoi refaire le parterre des rois de Voltaire ; mais il y a, hélas, dans les bastions et les hôtels misérables de quoi faire une armée de révolutionnaires vaincus. Je sais, Trotsky, que votre pensée n'attend que de la destinée implacable du monde son propre triomphe. Puisse votre ombre clandestine, qui depuis presque dix ans s'en va d'exil en exil, faire comprendre aux ouvriers de France et à tous ceux qu'anime cette obscure volonté de liberté rendue assez claire par les expulsions, que s'unir dans un camp de concentration, c'est s'unir un peu tard. »

Un mois jour pour jour après le mariage de Jan et de Lowry, le 6 février 1934, Maurice Nadeau, qui vient d'écrire pour la revue *La Vérité* deux critiques élogieuses de *La Condition humaine* et de *Ma vie*, a rendez-vous avec Trotsky. Ça tire de partout dans le froid de février et le contact est annulé. L'armée est dans les rues. Trotsky juge préférable de rester à Barbizon. Un an après l'accession de Hitler au pouvoir, Paris est sur le fil du rasoir entre l'extrême droite et l'extrême gauche et les émeutes dégénèrent, se font meurtrières. C'est quinze jours, très exactement, avant l'assassinat de Sandino à Managua Nicaragua, dont on se souciera peu en Europe.

Initié au trotskysme et à la littérature par Pierre Naville, Maurice Nadeau sera plus tard l'éditeur du Volcan en langue française, rencontrera le clandestin Victor Serge à la sortie du métro Odéon, sous la statue de Danton, lequel lui remettra pour publication dans *La Vérité* ses traductions de Trotsky, et aussi Simone Weil, laquelle quittera l'enseignement de la philosophie pour se faire ouvrière chez Renault, et dont Maurice dit qu'à l'époque, « elle était plus trotskyste que n'importe qui ».

Après la guerre, en 1949, Lowry reviendra passer six mois à Paris, au prétexte d'assister Clarisse Francillon, à qui Maurice a confié la traduction du Volcan. Et soixante ans plus tard, en 2009, nous sommes assis à l'arrière d'une puissante automobile noire égarée sur les petites routes des bords de Loire, vers Chinon, cherchons Saumur. La lumière de juin joue de reflets sur le fleuve paisible et le tuffeau blanc des villages. Nous allons rendre un hommage à Lowry à l'occasion du centenaire de sa naissance, dans l'abbaye de Fontevraud où sont les gisants des Plantagenêts. Maurice avait été le premier éditeur aussi de cet autre roman de Lowry, *Lunar Caustic*, dont le héros est Bill Plantagenet.

Dans son appartement de la rue Malebranche, près du

Panthéon, ce curieux appartement empli de bibliothèques et d'archives, où il était possible de faire le tour des pièces sans jamais revenir sur ses pas, à condition de traverser la salle de bain munie de deux portes, et aussi la chambre de Maurice emplie de livres, je lui avais exposé le projet d'assembler les vies de Lowry et de Trotsky et venais lui demander conseil, lui qui était sans doute le seul au monde à avoir été aussi proche des deux œuvres et des deux écrivains. Sur les rayonnages, en évidence, une photographie de Trotsky au milieu d'une collection de statuettes. Maurice avait cherché à mon intention quelques lettres de Lowry. Assis face à face dans la cuisine devant un bifteck-frites, nous tentions de rassembler les bribes, lui l'Histoire et moi la Géographie. J'arrivais de Mexico et Maurice des années trente. Maurice n'a jamais prononcé Waraka pour Oaxaca, et continuait de dire O-Aksaka.

C'est toujours cette histoire de la phrase de Roland Barthes dans *La Chambre claire*, voir les yeux qui ont vu les yeux. Devant moi qui n'en menais pas large, les yeux déjà presque centenaires de Maurice avaient vu les yeux de Jorge Luis Borges et de Henry Miller, de Benjamin Péret, de Tristan Tzara et d'André Breton, de Queneau, de Bataille, Blanchot, Michaux, Artaud et beaucoup d'autres. Dès notre premier entretien, il avait affirmé en souriant que je lui rappelais Henri Barbusse, quelque chose dans le visage et dans les gestes, les mains, et j'étais parvenu plus tard à trouver un petit film en noir et blanc tourné au début des années trente à Moscou sur l'auteur du *Feu*, sans éprouver pour ma part un vertige de Doppelgänger.

Ces rencontres étaient fraternelles et dès le premier jour Maurice avait imposé entre nous le tutoiement, sans doute parce que nous appartenions à cette étrange confrérie dont il faisait l'éloge au début de la préface qu'il avait consacrée au Volcan : « Il existe une étrange confrérie : celle des amis d'*Au-dessous du volcan*. On n'en connaît pas tous les membres et ceux-ci ne se connaissent pas tous entre eux. Mais, que dans une assemblée, quelqu'un prononce le nom de Malcolm Lowry, cite *Au-dessous du volcan*, les voici qui s'agrègent, s'isolent, communient dans leur culte. » We band of brothers.

Maurice me répétait qu'il fallait lire ce livre de nombreuses fois, comme tous les grands romans, rendait hommage à Max-Pol Fouchet qui avait attendu sa sixième lecture pour écrire ce texte éclairé où apparaissaient Rimbaud, l'idée de charité et l'alcool mystique. Un autre jour nous étions assis au salon. Il m'avait offert un livre depuis longtemps épuisé de Pierre Naville, *Trotsky vivant*, dans lequel Naville évoque sa première rencontre avec Trotsky à Moscou en vingt-sept, avant sa chute, dans son bureau du Kremlin, « Trotsky n'est pas vêtu de cette vareuse militaire avec laquelle nous ont familiarisés les photographies, mais d'un veston gris de sport, avec une cravate qui tire sur le rose », et aussi sa première rencontre avec Maïakovski : « Le salut de Maïakovski m'est resté au cœur. Ce poète est avec Trotsky le seul homme *du grand calibre*, comme nous disions, que l'on pouvait rencontrer à Moscou. Deux ans plus tard il se suicida. Les valets du régime le traitèrent de lâche et Trotsky lui consacra un article noble et clair. Cette âme et cet esprit s'étaient croisés devant moi. »

Puis j'avais moins vu Maurice. La dernière fois, nous nous étions retrouvés par hasard, lui déjà centenaire, devant la station de taxis du Lutetia, boulevard Raspail, sous l'aubette, parce qu'il pleuvait. Il m'avait demandé où en était mon *Lowry & Trotsky*. J'étais occupé par un autre livre en Asie. Il portait son blouson en cuir noir de rebelle, avait haussé les épaules, était monté dans son taxi.

En ce début de 1934, au moment du rendez-vous manqué de Maurice avec Trotsky, lorsque éclatent les émeutes à Paris, Jan la jeune mariée trouve déjà que c'est un peu long, le jaillissement du génie. Elle imaginait peut-être un livre par mois et le champagne chez les éditeurs. La voilà épouse d'un ivrogne souvent absent. Lowry aime marcher dans la ville, cherche les petits rades ouvriers, boit toujours debout, droit au zinc, du vin rouge, jusqu'à devoir s'allonger le long du comptoir dans la sciure. Assez vite, Jan congédie ses amants parisiens, descend au Havre, et embarque pour New York à bord de l'*Île-de-France*.

Lorsqu'ils arrivent au Mexique c'est une nouvelle tentative. Entre Acapulco et Mexico, ils visitent Cuernavaca, voient le palais de Cortés et les fresques de Diego Rivera, louent une maison entourée d'un jardin et, Jan s'en souviendra, « avec une vue splendide sur les deux volcans, le Popocatépetl et l'Iztaccihuatl, et les après-midi, quand le soleil commençait à descendre, il était merveilleux de s'asseoir là avec un verre, et d'écouter le bruissement des insectes en bas dans le jardin, de regarder les colibris, et simplement de respirer l'air pur et d'entendre le claquement des sabots des chevaux au loin ».

Au retour de l'un de ces trajets en autocar pour aller recevoir la pension mensuelle à Mexico, Lowry écrit une petite nouvelle, quelques feuillets, un fait divers, un cavalier mort au bord de la route, un pauvre pelado détroussé de ses quelques pesos. Il intitule la nouvelle *Under the Volcano*, met ça de côté, sort de ses bagages le manuscrit du Ballast et la Remington portative. Et puis c'est le miracle de Cuernavaca.

Comme une mère filandreuse dans un cruchon de vinaigre, la nouvelle ramifie, emplit son esprit. Lowry coule le Ballast, fait le tour des cantinas. Il est convaincu que s'il est heureux il est perdu pour la littérature. Jan s'enfile des amants et lui des mezcals et chacune de ces activités amplifie l'autre. Il s'installe un campement sur la véranda, écoute les hauts talons rouges de la trahison claquer sur le carrelage et sur sa voûte crânienne. Lorsque Conrad Aiken lui rend visite, il trouve Lowry « aux prises opiniâtrement, sans trêve, avec son insatiable vision, dans ce nid de vieux chiffons, de vieilles loques, où la plupart du temps il vivait, sur la véranda de la maison ».

Aiken dans ses souvenirs dit aussi les multiples infidélités de Jan, ses départs silencieux pour la gare routière et ses retours silencieux et orgueilleux quelques jours plus tard, et Lowry toujours sur la véranda, assis devant la Remington, et qui s'adresse à Dieu par écrit, L'implore, my Sweet Lord, « Cher Seigneur Dieu, très sérieusement, je Te supplie de m'aider à mener à bien cette œuvre, même si elle est mauvaise, chaotique et pécheresse, de manière que Ton regard puisse l'accepter ». En cet été de 1937, pendant que Trotsky essaie d'oublier Frida Kahlo dans l'hacienda de San Miguel Regla, la nouvelle est déjà devenue un court roman. Le nom de Trotsky n'y figure pas encore. On y lit selon Aiken des vers du *Faust* de Marlowe. Il lui faudra dix ans pour faire de cette petite nouvelle l'un des plus grands romans du vingtième siècle, mot un peu désuet aujourd'hui, parce que ce qu'il imagine, Lowry, c'est d'à nouveau révolutionner l'art de la prose poétique, un rêve aussi immense, magnifique et inaccessible, que celui de la Révolution permanente chez Trotsky.

à Hipódromo

Le rythme de la pluie en tambour sur la terre se fait incantatoire. Les averses à Mexico prennent des violences de mousson puis cessent et le soleil paraît. Des petits lézards fuient les fougères mouillées et grimpent aux troncs. À la terrasse de La Selva, un violoniste importune très modérément les clients, joue des mélodies larmoyantes et fredonne des corridos jusqu'à pouvoir se payer un café au lait, pendant que les trombes d'eau descendent des arbres et bouillonnent au caniveau. Un chien corniaud se met à l'abri sous la table.

C'est dans ce quartier Hipódromo qu'un midi, après lui avoir téléphoné, et lui avoir exposé un projet encore assez vague, j'avais invité pour la première fois Vsiévolod Volkov, aujourd'hui Esteban Volkov, qui fut Sieva, le petit-fils du proscrit, le dernier survivant de la lignée exterminée, lequel avait été blessé dans la maison de Coyoacán lors du premier attentat de mai quarante. À la terrasse du restaurant, il reprenait avec patience l'histoire sanglante de sa famille. Grand, les cheveux blancs, les yeux très bleus et le sourire chaleureux, son visage est celui des derniers portraits du proscrit, même s'il est aujourd'hui octogénaire, et plus vieux que Trotsky le fut jamais.

Sa mère, Zinaïda, qu'on appelait Zina, était la fille de la première compagne de Trotsky, Aleksandra Lvovna. Zinaïda était née en Sibérie pendant la relégation de ses parents, avant que Trotsky ne s'enfuît seul pour aller reprendre ses missions révolutionnaires en Europe. Elle avait épousé plus tard Platon Volkov, qui allait lui aussi mourir pour le seul crime d'être le gendre du proscrit. Sieva était né au moment où les choses déjà ne tournaient plus rond, peu avant la déportation de son grand-père à Alma-Ata, puis à Prinkipo. En 1931, Zinaïda, atteinte de tuberculose, avait obtenu d'aller rejoindre son père dans son exil turc. Staline avait exigé qu'elle n'emmène avec elle que l'un de ses deux enfants, et elle l'avait choisi lui, le plus jeune, qui avait alors cinq ans, et avait laissé derrière elle sa sœur, la petite Aleksandra qu'elle ne reverrait jamais.

Pendant ce séjour turc, Zinaïda, comme tous les membres de la famille, avait été déchue de sa citoyenneté et son retour était impossible. Elle s'est suicidée à Berlin en 1933 avant l'accession de Hitler au pouvoir. On avait envoyé Sieva vivre à Paris chez son demi-frère Lev Sedov, fils de Trotsky et de Natalia Ivanovna, jusqu'à la mort de celui-ci dans une clinique, assassiné à vingt-neuf ans par les agents de Staline, et il s'était retrouvé dans un orphelinat sous le pseudonyme de Steve Martin. Depuis Mexico, Trotsky avait intenté un procès et obtenu la garde de l'enfant. C'est Alfred Rosmer, le vieux compagnon de l'époque du train blindé, qui avait accompagné Sieva depuis Paris jusqu'à Coyoacán. Il avait alors vécu dans la maison de la rue Viena, auprès de son grand-père, jusqu'à l'assassinat de celui-ci en août quarante.

Son père Platon Volkov avait disparu dans les camps

sibériens, comme le deuxième fils de Trotsky et de Natalia Ivanovna, Sergueï, déporté dans la région de Krasnoïarsk, et, devant cette hécatombe, cet acharnement à exterminer toute sa famille, tous ses amis, tous ses soutiens, tous ceux qu'il avait un jour croisés, parce que Staline ne parvenait pas encore à l'atteindre lui, Trotsky, pour la première fois, avait été sur le point d'abandonner, avait pensé au suicide, avait écrit à propos de son dernier fils, Sergueï : « Si je disparaissais, peut-être le libéreraient-ils ? »

Puis nous avions parlé un peu de l'actualité, peut-être évoqué la récente arrestation d'un poète cannibale. J'avais regagné mon studio, mes carnets en peau de taupe et mes cahiers de brouillon, consigné les notes, et comme souvent regardé la photographie en noir et blanc sur un rayonnage, prise à Cuernavaca dans les premiers jours de l'arrivée de Jan et Lowry. Ils sont souriants. Lowry porte un short. Le torse nu est massif. Jan une petite robe d'été. Au premier plan, un cendrier plein et une bouteille entamée de tequila El Centenario, deux activités conjointes qui produisent peu de centenaires. J'étais ressorti en fin d'après-midi dans l'odeur de terre mouillée, le soleil déjà faiblissait, jouait dans les branches, j'avais repris mon parcours sur l'ancien hippodrome depuis longtemps avalé par l'urbanisation, dont la forme est encore visible sur le plan de la ville, et sans doute vue d'avion.

L'avenue México trace un premier anneau ovale autour du parc San Martín, et fut peut-être la piste de course pour les chevaux, à moins que ce ne fût l'avenue Amsterdam, laquelle trace, autour de l'avenue México, un deuxième ovale bien plus large, et dont le parcours en boucle est de deux kilomètres, une double chaussée à deux voies pour les automobiles, et entre elles un chemin central cimenté pour les piétons, enfoui sous la végétation, des palmiers et des sapins, des cactus et des fleurs, au milieu de quoi picorent des petites tourterelles grises mouchetées comme on en voit dans le Volcan.

Il est réconfortant de suivre chaque jour cette rue et de revenir à son point de départ sans jamais avoir fait demi-tour, de relier la place du volcan Iztaccihuatl à la place du volcan Popocatépetl, chacune de ces places ombragée de grands arbres et munie de bancs à la fraîcheur du jet d'eau des glorietas, réconfortant de tourner en rond et de ressasser. Et lors de cet exercice quotidien, quasi kantien, les mains dans les poches, parfois dans le dos, de jouir de la libre association d'idées que procure la marche, et de chercher pourquoi Plutarque aurait bien pu choisir Lowry et Trotsky pour ses Vies parallèles. Celui qui agit dans l'Histoire et celui qui n'agit pas.

La ville en trente-sept était déjà immense, et la grande avenue rectiligne Insurgentes, de plus de soixante-dix kilomètres, dont j'emprunte parfois quelques centaines de mètres, jusqu'au petit parc triangulaire Juan Rulfo. Le bouleversement le plus notable, depuis trente-sept, est peut-être au sol la circulation automobile et dans le ciel les hélicoptères des banquiers et des roitelets des cartels de narcos. Mais sur l'ovale d'Amsterdam, ce qu'on invoque ce sont les fantômes des chevaux qui galopèrent ici, et ne reviendront plus, comme si les chevaux, qui ont quitté l'Histoire, devaient aussi quitter un jour les pages des romans.

On voit passer ici sous les arbres le grand cheval

de Rimbaud qui « détale sur le turf suburbain et le long des cultures et des boisements, percé par la peste carbonique », celui de William Blackstone, l'érudit de Cambridge, parti vivre comme Traven chez les Indiens et lancer son cheval fougueux dans la prairie. Les chevaux de Pancho Villa et d'Emiliano Zapata, les cavalcades de Sandino dans la poussière du Nicaragua, et chez Tolstoï les courses sur la piste elliptique de Krasnoié-Sélo, quand « la nervosité du cheval se communiquait à Vronsky. Son sang affluait à son cœur et lui aussi, comme sa monture, avait envie de bouger et de mordre. Il était inquiet et joyeux ».

Tous savaient encore l'odeur du cuir humide et des écuries, et les spirales des mouches l'été autour des chanfreins en sueur. Et ce sont ces phrases peut-être que Trotsky amoureux remue en son esprit, lorsque brusquement, comme l'écrit le beau Van, son garde du corps, « Trotsky se mit à fouetter son cheval, poussa des cris en russe et partit au galop. J'étais loin d'être un cavalier expérimenté, mais il n'y avait pas à hésiter. Je fouettai mon cheval. Me voici parti au galop, me tenant en selle tant bien que mal. Mon revolver ballottait à mon côté. Si je m'en tirai sans incidents, c'est sans doute que j'avais une bonne monture. Trotsky et moi nous galopâmes ainsi, moi le suivant avec peine, pour nous retrouver après un certain temps sur la route de Mexico à Taxco. Là ce fut le galop à grande allure jusqu'à l'entrée de Taxco ». Et je voyais trotter aussi les chevaux de Hugh et d'Yvonne à Cuernavaca au début du Volcan, « comme tout cela pourrait être merveilleux si je chevauchais ainsi éternellement dans l'éblouissante lumière de Jérusalem », et le cheval volé du pelado, frappé du chiffre 7, comme le cheval que Vronsky, l'amant d'Anna Karénine, tue sous lui pendant la course, le cheval du pelado qui se fera le coursier du destin, et tuera Yvonne à la fin du Volcan.

Chaque jour à la fin de mon parcours hippique, je retrouve la terrasse de La Selva au coin de la rue du volcan Iztaccihuatl, ce café qui porte le nom du Casino de La Selva de Cuernavaca où commence le Volcan, le Jour des Morts, hôtel-casino aujourd'hui disparu, et occupé par un supermarché dans lequel je me souviens d'être allé acheter du vin blanc sec, et, assis à cette terrasse de La Selva, j'écoute le violoneux empli de miséricorde, qui est la dernière personne à s'adresser au Consul dans le Volcan, avant que les fascistes sinarquistas qui l'invectivent, le bousculent, et l'appellent Trotsky, au fond du Farolito, ne l'abattent au pistolet, ne jettent son corps au fond de la barranca, et un chien mort après lui.

Dans ce quartier cosmogonique d'Hipódromo, qui semble le décor du Volcan, les deux places circulaires, aux noms des deux volcans qui s'élèvent au-dessus de Cuernavaca, gravitent comme des électrons ou des planètes sur l'ellipse de l'avenue Amsterdam, en orbite autour du noyau solaire du parc où autrefois se tenaient les salles des pesages et des paris, ce parc devenu jardin d'Éden, comme celui dans lequel Lowry lit un panneau qu'il transforme en injonction biblique, « ¿ Le gusta este jardín, que es suyo ? ¡ Evite que sus hijos lo destruyan ! », le grand doigt de Dieu brandi depuis le triangle au milieu des nuages, et l'injonction de déguerpir du paradis immérité. Autrement plus persuasif et poli que les stupides Don't walk ou Pelouse interdite, on lit ici, dans le parc San Martín, cet autre panneau, daté de 1927, auquel on ne peut que souscrire :

EL RESPETO A LOS ARBOLES,
A LAS PLANTAS Y AL PASTO ES SIGNO
INEQUIVOCO DE CULTURA

Depuis des jours, je n'étais ni descendu dans le métro ni monté dans une auto. Je rentre un soir de Coyoacán avec Mario Bellatin, écrivain mexicain né péruvien, lui au volant, et derrière nous sur la banquette ses trois chiens, dont l'un est un chien nu aztèque, un xoloitzcuintle. Mario passe son bras gauche valide par-dessus son bras droit mécanique pour actionner le levier de vitesses, et me tend, avec un troisième bras sans doute, un petit livre illustré de photographies qu'il vient de publier, *Sin fecha de caducidad.*

On a ouvert une salle de bain cachée dans la maison bleue de Frida, abattu un mur. En 1955, un an après la mort de Frida, et alors que la maison bleue allait devenir un sanctuaire, le musée Casa Azul, Diego Rivera avait entassé dans cette salle de bain, avant de la murer, divers objets qu'il entendait soustraire à l'exposition, puis Diego était mort en 1957 et l'histoire avait été oubliée. On a trouvé là des cartons entassés emplis de correspondances et de photographies, des malles et des centaines de dessins, des robes, une jambe artificielle, un portrait de Staline, une tortue desséchée, les corsets de cuir et de métal que Frida portait depuis son accident de tramway avant de finir sa vie dans un fauteuil roulant, ainsi qu'une grande quantité de bidons de Demerol, un antidouleur, des bidons certains pleins et d'autres entamés, dont il semble qu'elle faisait à la fois grande consommation et grande provision.

Tournant les pages du livre de Mario, je me suis souvenu que le Demerol est un produit que mentionne William Burroughs dans son roman *Junky*. Il l'utilisait comme substitut à l'héroïne, et son absorption calmait ses tremblements furieux dans les rares périodes où il essayait de décrocher. Produit apaisant qui lui fit défaut, sans doute, ce jour de septembre 1951, dans le quartier de la Roma tout près de la Condesa, de l'autre côté de l'avenida Insurgentes, lorsqu'en jouant à Guillaume Tell avec un pistolet, il descendit sa femme d'une balle dans la tête.

Le Demerol de Frida est toujours opérationnel, précise Mario, puisque sur chaque bidon figure l'étiquette *Sin fecha de caducidad*, *Sans date de péremption*, dont il a choisi de faire le titre de son livre. Et le Demerol de Frida pourrait encore apaiser nos douleurs. Nous mentionnons les amours impossibles de Frida et de Trotsky. Passant à nouveau son bras valide par-dessus le bras mécanique pour serrer le frein, Mario stationne devant mon studio d'Hipódromo.

Après qu'il m'avait semblé nécessaire pour lire Trotsky de traverser en train la Russie et la Sibérie, il m'était apparu souhaitable de savoir dans quoi Lowry trempait les lèvres pour écrire sa « fantasmagorie mezcalienne », et j'avais entrepris de m'enfiler la lecture des trois cents pages d'un ouvrage de Rogelio Luna Zamora, *La historia del tequila, de sus regiones y sus hombres*. Lowry, qui n'a jamais su assez d'espagnol, confond le peyotl et l'agave, et suppose au fond de son mezcal la mescaline. Confusion que ne commettent ni

Burroughs, toujours fourré dans ses encyclopédies de botanique et d'armes à feu, ni Huxley, venu lui aussi s'allumer en mexicolor pour écrire *Les Portes de la perception*, mots empruntés à William Blake, dont le poète Jim Morrison fera le nom de son rock'n'roll band. We band of brothers. Et, dans le souci d'éclairer les hommes à mon tour, et parmi eux nos frères buveurs, j'avais agrémenté cette lecture scientifique de moult exercices pratiques par pur amour de la vérité littéraire, exercices desquels il ressortait que le meilleur breuvage était celui-ci, dont j'avais aussitôt recopié dans un carnet l'étiquette afin de ne plus jamais l'oublier moi-même : Perlado, Mezcal Artesanal, Espadín, Alberto Juan, Maestro Mezcalero, Oaxaca.

agave

Pas une goutte de mezcal que je n'aie transmuée en or pur
Pas un seul verre d'alcool que je n'aie fait chanter

MALCOLM LOWRY

Creusez un trou. Enfouissez un ananas. Ne laissez affleurer que le toupet des feuilles piquantes, en rosette. Vous avez entre vos pieds une manière d'agave en bonsaï. Vous pouvez récupérer l'ananas. Ça ne poussera jamais. C'était juste pour vous donner une idée de la croissance de l'agave selon Rogelio Luna Zamora : si c'était un agave bleu, Tequilana Weber azul, au bout de quelques années vous regarderiez ses feuilles acérées en contre-plongée.

On connaît des dizaines d'espèces d'agaves et les Indiens les appellent magueyes. Ceux-là tirent de la plante une part considérable de leur vie matérielle et de leurs boissons alcooliques. Comme le cactus vert en candélabre, l'agave se rit des sols pauvres et caillouteux où rien d'autre ne pousse. On le voit s'épanouir dans les zones arides autour de Guadalajara, dont l'étymologie arabe montre bien que cette vallée des pierres n'est pas un paradis, dans l'État du Jalisco, autour des villages d'Amatitán, de Tequila et d'Arenal, mais surtout dans la région de Los Altos. Sur ces hauts plateaux désertiques qui sont les paysages des livres de Juan Rulfo, dans cette poussière jaune qui but le sang des contre-révolutionnaires cristeros au début des années vingt, ces villages de fantômes où balbutient les morts dans *Pedro Páramo* et le *Llano en llamas*. Des huizaches dans l'air bleu transparent tordent leurs branches maigres comme dans une tempête.

On ne batifole pas avec les nymphes aux grands seins blancs dans les champs d'agaves comme au milieu des vignes. Bacchus ne les choisirait pas pour ses siestes légendaires et priapiques. Ça pique sérieux, l'agave, ça écorche et ça déchire. Les dieux des Indiens n'ont pas peur du sang. Des longues feuilles charnues hérissées de pointes, on extirpe des clous et des aiguilles à coudre. Écrasées d'une certaine façon, elles donnent une mousse dont on fait du savon, et d'une autre des fibres du genre sisal pour tisser des tapis et des hamacs. Sa hampe fournit à volonté des rasoirs et sa sève une mélasse, aguamiel, l'eau-de-miel, et par évaporation du sucre. Tout cela à l'air libre et pendant des années, comme un distributeur automatique et collectif posé au milieu du village.

Mais le plus important mûrit dans l'obscurité. Quand la plante enfin fleurit elle meurt. C'est le banal destin des monocarpiques selon les botanistes. C'était pour les Indiens le bon vouloir des dieux. La floraison annonçait les libations.

On brûlait alors le cœur qui paraît un ananas géant de trente à soixante kilos et qu'on appelle justement piña.

À l'endroit même, les Indiens creusaient dans le sol un four à charbon de bois. On versait sur les braises de l'eau dans ce jus qui suintait et bouillonnait, mêlé aux fibres, aux particules de charbon, à des petits insectes rôtis et autres bidules devenus par hasard condiments. On laissait fermenter douze jours en été et dix-huit en hiver : voilà le vin de mezcal. On le recueillait dans des calebasses, remerciait les dieux multicolores et féroces par des danses effrénées et des cœurs humains sacrifiés. Les Espagnols interdirent un moment le breuvage source de troubles, puis goûtèrent ce vin de mezcal et parvinrent à en extraire, par double distillation, le pur esprit, transparent comme de l'eau de roche ou de l'oxygène : avec le cœur du Tequilana Weber azul on obtint le tequila, parce que c'est masculin, hombre, et que le féminin des Parisiens fait rire les Mexicains. C'est toujours le problème de la traduction, et déjà de l'espagnol au français le soleil tombe par terre.

L'Anglais maladroit pousse d'un coup d'épaule la porte de la cantina, hésite entre un Herradura reposado con su sangrita et un mezcal poivré de Oaxaca. On pose devant lui sur le comptoir deux verres hauts et fins. La sangrita est féminine, c'est un mélange relevé de jus de tomate, de citron et de piment qui donne soif du tequila. On y trempe les lèvres en alternance comme dans le soleil et la lune, l'eau et le feu, les deux volcans masculin et féminin dressés au-dessus de Cuernavaca et qui ne se rencontreront jamais, se consumeront d'orgueil et de solitude. On commence à siroter avant le déjeuner qui traîne sur l'après-midi, on en commande à nouveau le soir à la tombée du jour.

À la fin de la nuit, vous pouvez fendre en deux

l'ananas déterré au début de cette expérience, verser un peu de son jus dans le tequila, y ajouter une goutte de jus de grenade pour l'illuminer, voilà un tequila sunrise. Et le jour se lève en effet derrière les vitres de la cantina, emplit la pièce à grands bouillons, enflamme les pains de glace du livreur. Le gros garçon anglais est assoupi au comptoir devant un stylo et un carnet ouvert. Des Indiens emborrachés dorment au fond de la salle, leur tête au creux des bras. Les ampoules sont toujours allumées. Ce matin encore, nulle Yvonne ne viendra le chercher, ne poussera la porte à clochettes, ne découpera sa frêle silhouette à contre-jour, dans ses vêtements tout chiffonnés d'avoir passé la nuit dans l'autocar pour venir le sauver, poser le bout de ses doigts tremblants sur la joue râpeuse, l'emmener dormir et le consoler d'être né. Les premiers rayons emplissent la pièce de cuivre liquide et il avale d'un coup le sunrise rougeoyant de l'alcool d'agave au fond du verre : c'en est fini du lever du soleil et du sacrifice sanglant des cœurs humains.

à Coyoacán

Après que j'avais marché seul dans le quartier, cherché des traces de la petite bande, remonté les rues autour du zócalo, je lisais les journaux emplis des morts du narcotrafic à la terrasse de Los Danzantes, bar à mezcal qui est une succursale de celui de Oaxaca. Puis j'avais commencé de fréquenter chez Margo Glantz, la grande dame dans sa belle maison coloniale emplie de bibliothèques et de fleurs, où j'avais rencontré les écrivains mexicains qu'elle invite à de longs déjeuners joyeux qui s'achèvent à la nuit, Mario Bellatin, Sergio Pitol, Juan Villoro qui venait d'écrire une nouvelle préface pour une édition de *Bajo el volcán*, dans laquelle j'avais retenu cette phrase : « Lowry se serait certainement arrangé pour souffrir autant en Suisse, mais le Mexique a sans aucun doute contribué de manière spécifique à l'éblouissement et à l'écroulement qu'il recherchait. »

On doit bien naître quelque part et Margo est mexicaine. Cinq ans avant sa naissance, ses parents avaient débarqué à Veracruz, en mai 1925, et aussitôt pris le train pour Mexico. Son père avait choisi de s'appeler dès lors Jacobo Glantz.

Comme Trotsky, c'était un juif d'Ukraine qui avait

passé son enfance à la campagne, avant de se faire révolutionnaire à Odessa où il avait rencontré Radek, Zinoviev et Kamenev qui mourront dans les procès de Moscou, mais aussi Isaac Babel et Alexandre Blok. Jacobo Glantz avait commencé son œuvre poétique en ukrainien, avait appris le yiddish au Mexique et publié des recueils en russe. Devenu pour survivre vendeur ambulant, puis dentiste, commerçant, restaurateur, il avait connu les muralistes Siqueiros et Orozco.

Dans son restaurant El Carmen, le peintre Vlady, Vladimir Kibaltchitch, le fils de Victor Serge, l'avait représenté monté sur un bouc, en juif éternel bouc émissaire. Il avait côtoyé Chagall qu'il avait retrouvé plus tard à Saint-Paul-de-Vence, et aussi Maïakovski, et Eisenstein venu tourner *¡ Que viva México !*. Il recevait Diego Rivera avec sa deuxième épouse Lupe Marín, puis avec sa troisième épouse Frida Kahlo, puis avec sa maîtresse María Felix. Une fois Trotsky lui avait dit qu'il ressemblait beaucoup à son frère, mais c'est avec Trotsky lui-même que la ressemblance sur les photographies est troublante. Et Diego Rivera lui avait demandé de poser pour un portrait de Trotsky jeune. Jacobo Glantz avait échappé de peu aux fascistes des Chemises dorées qui avaient tenté de le lyncher, à l'issue d'un meeting de soutien aux anarchistes Sacco et Vanzetti. Margo se souvient d'avoir entendu, enfant, lorsqu'elle se promenait avec son père dans la rue :

– Regarde, Trotsky et sa fille !

Née ainsi Mexicaine par les hasards de l'émigration, Margo a connu Juan Rulfo dans sa jeunesse. Ils se voyaient dans les mêmes bistrots. Elle dit qu'il était très beau. Ils étaient les amis communs de Carlos Monsiváis. C'est l'époque où Juan Rulfo, l'auteur des deux livres cultes, prétendait travailler au manuscrit de *La Cordillera*, mais en vérité n'en foutait pas une rame, allait mourir trente ans après *Pedro Páramo* sans avoir jamais publié à nouveau, soit qu'il fut écrasé par l'immense succès de ses deux premiers livres, et se savait incapable d'atteindre à nouveau de tels sommets, soit qu'il pensait que la vie, après tout, ne se résume pas non plus à l'enfermement studieux, et qu'il n'est pas désagréable de jouir de la notoriété de « plus grand écrivain mexicain du siècle » dans les bistrots emplis de jolies étudiantes comme Margo. Et peut-être n'avait-il d'ailleurs que le titre, et l'image de ce sommet inaccessible.

Margo avait autrefois habité rue Amsterdam à Hipódromo, au coin de Michoacán, puis était venue s'installer à Coyoacán pas très loin de chez Frida, dans ce quartier où vivaient alors beaucoup d'écrivains, même si les trois cadors, Gabriel García Márquez, Álvaro Mutis et Carlos Fuentes s'étaient retirés plus loin, vers San Jeronimo. De temps à autre, je me suis rendu seul dans la maison bleue de la rue Londres, avant puis après que la salle de bain murée ne fut ouverte, puis dans la maison de la rue Viena, dans la colonia del Carmen. La dernière adresse du proscrit est une meringue rouille et ocre, délavée, étroite, à colonnades et chapiteaux, quelque chose de l'épave d'un petit cargo échouée de guingois au bord du río Churubusco depuis longtemps busé, et recouvert d'une voie express, un jardin entouré de hauts murs, que protégeaient des barbelés et des miradors.

Une autre année, j'y suis retourné en compagnie d'Esteban Volkov qui fut Sieva. On avait organisé à notre intention une manière de petit déjeuner révolutionnaire ou républicain. Je repartais quelques jours plus tard au Cambodge assister au procès des Khmers rouges, et j'avais relevé dans mes recherches les morts qu'avaient provoquées, dans le delta du Mékong et au Tonkin, les affrontements qui avaient suivi la création clandestine du Parti communiste indochinois par Hô Chi Minh, au début des années trente, et les combats fratricides dans les rizières et les montagnes entre les partisans vietnamiens de Staline et ceux de Trotsky.

La réception se tenait dans l'ancienne salle de squash contiguë à la maison du proscrit, acquise au début des années quatre-vingt-dix par l'Instituto del Derecho de Asilo afin d'y installer ses bureaux. Après le départ de Sieva et de sa famille, à la fin des années soixante-dix, la maison du proscrit allait être rasée. Le peintre Vlady avait alerté les autorités et le musée avait ouvert après quelques travaux.

Le directeur en était alors Carlos Ramírez Sandoval, et le président Javier Wimer, l'ami de Julio Cortázar, ancien diplomate, qui nous avait raconté sa première arrivée à Tirana, alors qu'il était ambassadeur du Mexique à Belgrade, et comment il avait assez vite soupçonné que le chauffeur tournait en rond dans divers quartiers afin de le convaincre que la capitale, si elle ne pouvait prétendre comme Mexico au titre de mégapole, était néanmoins d'une étendue considérable. Il pouvait aussi témoigner que la bibliothèque personnelle d'Enver Hodja ménageait une place importante à la littérature française interdite aux autres Albanais.

À ce petit déjeuner assiste aussi Adolfo Gilly. Celui-là, né Argentin, fut révolutionnaire en Bolivie avant de passer plusieurs années dans la prison de Lecumberri, comme Álvaro Mutis mais pour d'autres raisons. Il est aujourd'hui professeur à la Faculté des sciences politiques et sociales de la UNAM. Il a apporté son dernier livre, *Historia a contrapelo, una constelación*, et dans cette constellation scintillent les noms d'Antonio Gramsci et de Walter Benjamin. Gilly cite une phrase de ce dernier, filant la métaphore ferroviaire chère à Trotsky : « Selon Marx, les révolutions sont les locomotives de l'Histoire. Mais parfois les choses sont différentes. Parfois les révolutions sont la forme par laquelle l'humanité, qui voyage dans ce train, actionne le frein d'urgence. »

Dans sa villégiature d'Ibiza, en 1932, Walter Benjamin est bouleversé par la lecture de *Ma vie*, et plus tard Bertolt Brecht déclare devant lui que Trotsky pourrait bien être le plus grand écrivain européen de son temps. L'année suivante, les livres de Walter Benjamin sont brûlés comme ceux de Stefan Zweig. Le 26 septembre 1940, un mois après l'assassinat de Trotsky dans ce lieu où nous sommes, Walter Benjamin descend du train, et se suicide à Port-Bou dans une chambre d'hôtel, deux ans avant le suicide de Stefan Zweig au Brésil.

Gilly est aussi venu avec des petits films d'archives, dans lesquels on voit en noir et blanc l'arrivée de Trotsky à Tampico et le train présidentiel *Hidalgo*. Dans son bureau, Trotsky harangue devant la caméra une foule fictive dans un français assez incompréhensible. Dans le dernier, en couleurs, Trotsky nourrit les poules et les lapins. On aperçoit auprès de lui Sieva en culottes courtes. Et en quelques mètres, quittant l'ancienne salle de squash par l'ouverture ménagée avec le jardin, nous sommes devant les clapiers à lapins, dans la lumière d'une matinée de printemps. Sieva auprès de moi est octogénaire. Le jardin est envahi par ces mêmes arbres que je viens de voir en images, mais plus hauts qu'en quarante, et des plantes vertes, des bananiers, des bougainvillées rouges, des lianes en fleurs, des orchidées, des agaves, et les cactus viejitos que le proscrit allait déterrer à la pelle dans le désert.

Au centre, le tombeau à la faucille et au marteau, et en capitales le prénom français et le pseudonyme russe, Léon Trotsky, monument où reposent aussi les cendres de Natalia Ivanovna morte en banlieue parisienne en 1962, après qu'elle était restée vivre dans cette maison et soigner ses rosiers avec le jeune Sieva, lequel avait hispanisé son prénom en Esteban. Et après la mort de Natalia Ivanovna, il habitait encore ici, dans le logement en briques rouges des gardes, sur le côté du jardin, dernier survivant d'une famille décimée par l'Histoire, et par la haine de Staline qui s'était emparé du pouvoir sur une moitié de la planète. La phrase la plus terrible est écrite ici par Natalia : « Nous cheminons dans le petit jardin tropical de Coyoacán, entourés de fantômes aux fronts troués. »

Nous avançons dans l'allée puis nous nous asseyons. Je viens d'achever la lecture des Mémoires de Jean van Heijenoort, le beau Van, publiés dans les années soixante-dix, et dont le premier paragraphe pourrait être de Nizan, « Je suis arrivé à Prinkipo le 20 octobre 1932. J'avais vingt ans. Je sortais tout juste de neuf ans d'internat, et j'étais en révolte totale contre la société ». Lorsque Sieva débarque sur l'île turque en compagnie de sa mère, il découvre son grand-père forcément impressionnant, vêtu d'un costume de lin blanc, engagé dans son grand combat, attelé jour et nuit à l'écriture de son autobiographie, laquelle doit redresser les mensonges de Staline, rétablir la vérité historique. Un peu perdu au milieu des gardes du corps en armes, Sieva est plus proche du beau Van, comme on le voit sur une photographie prise l'année suivante sur le port de Marseille : tous les deux voyagent comme un père et son fils pour aller retrouver à Berlin la mère de Sieva. Et le beau Van écrit qu'à Prinkipo, Sieva était « un garçonnet doux et tranquille, il partait à l'école le matin et se faisait à peine remarquer dans la maison ».

Et aujourd'hui le vieil Esteban me dit qu'après la mort de Trotsky, c'est son biographe Pierre Broué qui était devenu pour lui comme un frère. En 1988, ils avaient profité de la Glasnost de Gorbatchev, laquelle pouvait n'être qu'une ouverture momentanée, et Pierre Broué avait enquêté, retrouvé la trace de sa sœur Aleksandra, que sa mère et lui avaient laissée derrière eux en 1931. Elle avait été déportée dans un orphelinat au Kazakhstan, puis oubliée. Et tous deux s'étaient rendus à Moscou, en 1989, juste avant la chute du Mur, presque soixante ans après son départ pour la Turquie, et ils avaient rencontré la vieille femme malade, Aleksandra Sakharovna égarée dans l'Histoire, avaient reconstitué pour elle l'histoire de la famille décimée, démenti les calomnies et les horreurs qu'on avait dû, davantage encore qu'aux autres Russes, lui débiter depuis toujours – en somme celles que continuerait de débiter, vingt ans après la dislocation de l'Union soviétique, le pseudo-historien que j'avais rencontré sur l'île de Sviajsk.

Esteban Volkov de son côté a mené sa vie mexicaine, est devenu ingénieur chimiste, et ses amis l'appellent El Ingeniero. Il a continué d'habiter la maison des gardes sans toucher à la maison de Trotsky et de Natalia. Il a quitté la rue Viena quand ses filles ont grandi, et ici, dans le corps principal où se trouve sa chambre d'enfant, devenue monument historique, le temps s'est arrêté en août quarante. Sur des cintres les chemises que le proscrit s'apprêtait à porter les jours suivants. Dans les murs, les impacts de balles du premier attentat. Sur le bureau l'enregistreur de voix et les rouleaux de cire, les feuillets du travail en cours, les balles récupérées et déposées dans un plumier, la machine à écrire Underwood. Dans les rayonnages, l'encyclopédie noircie dans l'incendie de Prinkipo, des livres au dos desquels je relève quelques noms, de Nietzsche et de Tolstoï, de John Dos Passos, de Jack London, de Malraux, de Victor Serge, et de Henri Barbusse, celui qui avait donné à Sandino le beau grade de Général des hommes libres, avant de devenir l'ardent défenseur et l'hagiographe de Staline.

Il est troublant de se trouver ici, debout près d'un vieil homme paisible aux yeux très bleus qui vous montre la chambre dans laquelle, à l'âge de treize ans, il s'est protégé des rafales de mitraillettes. Et troublant que la maison autour de nous soit dans l'état où elle était au moment des rafales, ou, pour être précis, dans l'état où elle était trois mois plus tard, le jour du deuxième attentat, celui-là fatal, du mois d'août. Les meubles du bureau qu'on voit sur les photographies, renversés dans la lutte entre Trotsky et son assassin, ont été remis en place. Des particules de poussière scintillent entre les lames du store. Au mur le grand planisphère de type

Mercator. Ce déraillement de l'espace et du temps, qui en quelques enjambées vous ramène dans la première moitié de l'autre siècle, est accentué par les images tournées ici, devant les clapiers à lapins, dans l'éternel présent de la pellicule cinématographique.

dernières adresses

Ce vertige des derniers lieux, comme si les meilleurs d'entre nous laissaient à leur dernière adresse quelques traces dans l'air de leur force et de leur génie, Trotsky lui-même avait souhaité le connaître, dès son arrivée à Paris à l'été 1914, peu après l'attentat contre Jean Jaurès : « Je visitai le restaurant du Croissant où il avait été assassiné. J'aurais voulu retrouver ses traces. Au point de vue politique j'étais éloigné de lui, mais il était impossible de ne pas éprouver l'attraction exercée par cette puissante figure. Le monde spirituel de Jaurès, qui se composait de traditions nationales, d'une métaphysique des principes moraux, d'amour pour les misérables et d'imagination poétique, avait des traits tout aussi nettement aristocratiques. » Trotsky se souvient de leurs quelques rencontres. « J'ai entendu Jaurès dans des meetings à Paris, dans des congrès internationaux, dans des commissions, et chaque fois ce fut comme si je l'entendais pour la première fois. »

Comme Ramón Mercader, l'assassin de Trotsky, l'assassin de Jaurès, Raoul Villain, sauvera sa peau devant les tribunaux. Le belliciste échappera même au front, et passera toute la guerre à l'abri en prison avant d'être acquitté après l'Armistice, et de partir se la couler douce aux Baléares, sur l'île d'Ibiza, où un commando anarchiste viendra tout de même le flinguer en trente-six.

C'est dans un livre d'Ortega y Gasset que Lowry prend l'idée que l'existence de chacun d'entre nous est un roman tragicomique, « La vie d'un homme est comme une œuvre de fiction qu'il organise à mesure qu'il va ». En 1934, Lowry quitte Paris et la rue Antoine-Chantin, s'en va retrouver Jan à New York. Elle ne veut plus de lui. Il sombre à nouveau dans l'alcool. Jan le fait interner dans le service psychiatrique de l'hôpital Bellevue. Lowry sait assez de français pour comprendre le mot Bellevue. Depuis les fenêtres grillagées, on aperçoit la maison dans laquelle Herman Melville a écrit *Mobby Dick*. Dès sa sortie de l'hôpital, Lowry entame l'écriture de *The Last Address*, qui deviendra *Lunar Caustic*.

Et toute sa vie Lowry se rendra aux dernières adresses. Après avoir vécu quelques mois à l'hôtel Francia de Oaxaca, où s'était installé avant lui D.H. Lawrence, il ira voir la dernière maison de l'auteur du *Serpent à plumes* à Taos, dans le Nouveau-Mexique. À Rome, Lowry déjà tout au bord de la folie recopie cette plaque murale : « Le jeune poète anglais John Keats mourut dans cette maison le 24 février 1821 à l'âge de vingt-six ans ». Et Lowry pense à Grieg, à son livre *Ceux qui meurent jeunes*, hommage à Keats, Shelley, Byron. Il entame l'écriture d'une nouvelle, *Le Métier, cet étrange réconfort*, il décrit dans la maison romaine de Keats les « vestiges des gommes aromatiques utilisées par Trelawny pour l'incinération du corps de Shelley, dont le crâne avait échappé par miracle à Byron, qui entendait se l'approprier et l'utiliser comme gobelet ». Et le narrateur de Lowry reprend l'histoire de la noyade de Shelley, du corps rejeté par les vagues, de la crémation du cadavre sur la plage de Viareggio en présence de Byron, avant que Byron ne s'en aille trouver une mort héroïque au milieu des insurgés grecs de Missolonghi.

Cette étroite maison de trois étages, au 26 de la piazza di Spagna, où sont des courriers autographes de Keats, de Shelley, et de Byron, lequel avait vécu sur cette même place, au 66, est devenue un musée. J'avais emprunté le long de la maison les marches de marbre blanc de la Scalinata qui monte à l'église de la Trinità dei Monti, et dont Lowry avait dû gravir quelques degrés pour aller recopier la plaque bilingue dans son carnet. Je m'étais assis dans le café le plus proche de la dernière adresse de Keats, aujourd'hui le Barcaccia. Ici Lowry et son narrateur se souviennent de Poe, de la dernière adresse d'Edgar Allan Poe à Richmond, en Virginie, où Lowry était allé recopier des fragments de lettres. Il ouvre son carnet sur la table du café : « Tout d'abord, il prenait conscience de lui-même occupé à les lire ici, dans ce café de Rome, puis de lui-même occupé à lire ces lettres à travers les vitrines du musée Valentine à Richmond, en Virginie, et d'en recopier des fragments, enfin du pauvre Poe assis quelque part, l'air sombre, en train de les écrire. »

Et comment ne pas recopier ici, à cette table du café Barcaccia, un fragment des fragments de Poe recopiés par Lowry : « Je péris, oui, absolument, je péris d'être privé de secours, et pourtant je ne suis pas oisif », phrase que Lowry aurait pu écrire lui-même à Oaxaca, à Mexico, ou à Ripe. Phrase qu'auraient pu écrire tous les poètes que le dieu de la conscience petite-bourgeoise, selon Artaud, n'aime pas, et s'ingénie à rendre fous.

Un mois avant sa mort, Lowry quitte Ripe et le sud de l'Angleterre, s'en va nager dans les eaux froides des lacs d'Écosse. Une dernière fois, il retrouve le bonheur de la vie saine, celle qu'il menait à Vancouver dans la cabane, laquelle devait être sa dernière adresse. Il marche dans les collines. Tapi dans les herbes, il observe le vol des eiders, puis visite la dernière maison de Wordsworth à Grasmere. Il ne sait pas qu'un mois plus tard, le White Cottage de Ripe sera sa dernière adresse. Ou bien, déjà, il le soupçonne un peu.

Trotsky sait bien, lui, que cette maison de la rue Viena, à Coyoacán, pourrait être la dernière. Il se lève tôt le matin, soigne poules et lapins avant de s'asseoir à son bureau. Après la déroute de l'Èbre, le président Cárdenas ouvre grand les portes du Mexique aux réfugiés de la guerre d'Espagne. Sur les quais de Tampico et de Veracruz débarquent dans la plus grande confusion des rescapés anarchistes du Poum et les staliniens des tchékas qui les exterminaient. D'un côté Bartomeu Costa-Amic qui le retrouve aussitôt rue Viena, et de l'autre des hommes comme Kotov ou Vidali, les responsables de la mort d'Andreu Nin, assassiné en juin 1937 pendant que Trotsky est à Coyoacán, torturé par les staliniens à Barcelone, lesquels, pour salir sa mémoire, prétendront qu'il s'est enfui à Berlin rejoindre ses amis de la Gestapo.

Depuis la Norvège, Trotsky avait envisagé de se rendre en Catalogne, en 1936, vingt ans après que la police espagnole l'avait embarqué de force dans le port de Barcelone, et qu'il avait rencontré Arthur Cravan à bord du *Montserrat*. Et l'on imagine, sur les fronts républicains, l'annonce de la présence clandestine de l'ancien chef de l'Armée rouge. Sans doute n'aurait-il pas fait long feu dans la guerre fratricide du Poum et du Komintern. Après avoir saboté la révolution espagnole, et avant de signer le pacte germano-soviétique, Staline avait exigé que l'or de la Banque d'Espagne fût mis à l'abri à Moscou. En échange du magot, il avait envoyé peu de combattants, mais pléthore de commissaires politiques. Parmi eux le général Kotov et sa compagne Caridad Mercader, la mère de Ramón, et David Alfaro Siqueiros, et Vittorio Vidali et sa compagne Tina Modotti, tous membres, ou affiliés, de la petite bande de Mexico.

Après la chute de la République, des dizaines d'hommes de main à la solde du Komintern sont expédiés au Mexique sous des identités falsifiées. Ils sont chargés sans se connaître de tout tenter pour assassiner l'ennemi de Staline. Trotsky vient de faire paraître son *Lénine* et s'est attelé à un *Staline*. Le dictateur le pressent et le redoute. La Deuxième Guerre mondiale approche et l'élimination du proscrit est urgente. Trotsky le sait. Ses chances d'échapper à la machine infernale sont infimes. Deux tentatives suffiront. Les quelques mètres qui séparent ses cabanes à lapins de son bureau, parcourus au côté de Ramón Mercader sous le nom de Frank Jacson, qui dissimule le piolet sous son imper, seront ses derniers pas sur la terre.

la petite bande

We few, we happy few, we band of brothers.

SHAKESPEARE

Douze apôtres s'assemblent autour de Tina Modotti. C'est au sein de cette petite bande que tout se joue. Que se jouent la vie et la mort du proscrit. L'avenir de l'Art et aussi celui de la Révolution. C'est une maison blanche ensoleillée au toit en terrasse. Une machine à écrire, un phonographe, des fleurs dans les vases. Le jeu de la lumière en ocelles au long des murs blancs chaulés. Sur une table, un exemplaire d'*El Machete*, avec en frontispice la faucille et le marteau.

Il est étonnant que tous ceux-là aussi auront été vivants, assis dans la même pièce de la maison de Tina Modotti, fumant des cigarettes. Aucune photographie n'a été prise de la petite bande des treize, qui compte pourtant parmi ses membres les meilleurs photographes, aucun tableau brossé non plus de la petite bande des treize, qui compte pourtant parmi ses membres les plus grands peintres. Il nous faut les imaginer un jour tous assemblés, un soir plutôt. C'est à Mexico, au milieu des années vingt, dans cette décennie pendant laquelle tout s'invente, le monde est neuf dans le chaos régénérateur. C'est dix ans après l'entrée à cheval dans Mexico du métis du Chihuahua et de l'Indien du Morelos. Zapata & Villa. Les paysans en sarapes armés de machettes qui campent sur le zócalo de Mexico.

C'est un milieu d'exilés et leurs amis mexicains sont des citadins. Ces années vingt verront se mêler dans leurs œuvres l'amour et la mort et la danse macabre des traîtres et des héros. Il n'existe aucune photographie des treize, on l'a dit, il nous faut l'imaginer. Plaçons-les devant notre objectif, vieil appareil sur trépied et rideau noir. Plaçons au centre du groupe la masse la plus imposante, celle autour de laquelle tout gravite, l'éléphantesque Diego Rivera, l'ogre dévoreur de femmes, le génie acharné, homérique, l'artiste élevé selon sa propre légende dans la forêt par sa nourrice indienne, et qui téta aussi les chèvres, le géant à l'insatiable appétit, à la sauvagerie, la force monstrueuses. L'éléphantesque porte la cicatrice du coup de couteau parisien d'une amante délaissée.

Dans la petite bande, Rivera est celui qui allie la fureur mexicaine à celle de Montparnasse. Il a passé quatorze années de sa vie entre Paris et l'Espagne et l'Italie, connaît sur le bout des doigts le Quattrocento et le cubisme et les fresques du Temple du jaguar à Chichén Itzá. Il sait les secrets des vernis de la Renaissance et le bleu du manteau de la Vierge par Philippe de Champaigne. Les fonds à la chaux et les pigments des Mayas. La peinture à la résine du copal que fixe la sève du nopal. Rivera est au sommet de sa puissance, peint sept jours par semaine et quinze heures par jour, vit sur les échafaudages, couvre le

Mexique des centaines de mètres carrés de ses fresques multicolores, vient d'achever celles du palais de Cortés à Cuernavaca que Lowry verra dans dix ans et glissera dans le Volcan. Il brosse à grands coups les images violentes de l'histoire du peuple, les hymnes narratifs que comprennent et commentent au marché les paysans illettrés, jette aux murs à grands seaux de couleurs sa foi en la vie, en la beauté de la nature et des corps, les seins lourds aux aréoles brunes, le rythme des saisons et les travaux des champs, l'orage violet sur la moisson, les prêtres guerriers dans leur peau de félin griffée de plumes, les sacrifices rouges, les porteurs asservis sous les ballots de coton et les régimes de bananes, les usines bleues, les outils, les hauts-fourneaux des aciéries, les guerres, les munitions, les navires, les cantinas et les pulquerías, les mitrailleuses, les fleurs et les fruits, les robes vertes ou orange des filles, les chevaux, les marteaux et les faucilles, et Diego Rivera aussi ne cesse d'écrire dans les revues et les journaux : « Le paysan et le travailleur urbain ne produisent pas seulement des céréales, des légumes et des objets manufacturés : ils produisent aussi de la beauté. »

Oui, plaçons-le au centre.

Et au-dessus de Rivera, comme flottant dans les airs, tel un ange ou la mort, plaçons la Modotti.

C'est chez elle que tous se réunissent, dans la maison blanche au toit en terrasse, et, même si la photographie instantanée est impossible, tous ceux-là, un jour ou l'autre, sont passés chez elle, mettons l'appareil en mode pause, ou plantons une caméra fixe pendant quelques mois, appelons-les, demandons-leur d'interrompre leurs conversations, de poser leur verre, de venir au fond de la pièce, devant l'objectif que nous installons, de cesser comme certains soirs de tirer au pistolet par la fenêtre sur les réverbères, ou sur le phonographe, qu'ils se rassemblent, et ensuite nous déciderons dans quel ordre composer la petite bande des treize, comment placer chacun à la droite ou à la gauche de Rivera sous les ailes éployées de la Tina, composons la fresque, énumérons : Weston, Orozco, Siqueiros, Traven, Sandino, Maïakovski, Dos Passos, Kahlo, Mella, Guerrero, Vidali.

La petite bande des treize.

Tous ont en commun de servir une cause, et de mettre cette cause au-dessus de leur propre existence. Certains deviendront des traîtres et d'autres des héros. Même s'ils se fourvoient, tous ont en commun de n'être absolument pas les petits-bourgeois que décrira le proscrit Trotsky dans les années trente, effaré, pendant son séjour clandestin près de Grenoble, alors que le train de l'Histoire file à toute allure vers la guerre mondiale et qu'il se cache au milieu d'eux, anonyme et la barbiche rasée : « Ce sont des petits-bourgeois jusqu'au bout des ongles, leurs maisons, leurs jardins et leurs voitures leur tiennent mille fois plus à cœur que le sort du prolétariat. J'ai vu leur façon de vivre, non seulement je l'ai vue mais je l'ai sentie. Il n'y a pas de créature plus répugnante que le petit-bourgeois en train d'amasser du bien. »

Ceux-là de la petite bande, ces treize qui deviendront traîtres ou héros, tous méritent, au-delà de leurs triomphes ou de leurs égarements, notre compassion. Aucun petit-bourgeois épris de spéculation immobilière, de confort moderne et de revendications corporatistes n'a le droit de juger ces hommes et ces femmes. Seul un tribunal révolutionnaire y serait fondé.

Parmi les égarés, il y aura la Modotti, la pasionaria fourvoyée, la belle Tina aux longs cheveux noirs, laquelle, alors que nous prenons la photographie, n'a pas beaucoup plus de vingt ans.

Celle-là est née à Udine dans le Frioul et dans la misère. Gamine elle est envoyée en Autriche, couturière, gagner les quatre sous des petites mains. Une enfance comme celle d'Alfonsina Storni. Et les deux émigrées sont à ce point associées dans notre dévotion que l'un des noms ne peut apparaître sans que l'autre surgisse. Tina rejoint à seize ans son père ouvrier à San Francisco, bas quartier de Little Italy, reprend le fil et l'aiguille, et sa vie pourrait broder le destin gris de la petite ritale qui coud, le sourire triste et soumis, la quintessence de la femme aux longs cheveux noirs, pas très grande, le corps souple et les courbes suaves, elle chaloupe, le pas lent et harmonieux, de danseuse ou de Gitane, les yeux noirs, le visage sensuel et la bouche charnue, les paupières lourdes des femmes lasses et assouvies d'amour : voilà qu'elle devient modèle, pour quatre sous encore, puis figurante pour le cinéma, on la repère, comme on dit, elle jouera les beautés fatales dans deux ou trois navets à Hollywood encore à l'heure du cinéma muet.

Elle y rencontre Roubaix de l'Abrie Richey, dit Robo c'est plus simple, un poète canadien fantasque et exilé, manière de Dylan Thomas ou de Thomas de Quincey, décadent et cultivé, c'est son premier amour, il y en aura d'autres, beaucoup d'autres, c'est une dévoreuse, la Tina. Après que Robo le dandy est venu mourir au

Mexique, elle rentre en Californie, revient en 1923 avec son nouvel amour, le déjà célèbre photographe Edward Weston. Ils installent un studio à Mexico, dans cette maison blanche et ensoleillée où défilera la petite bande. Elle est son élève, bientôt son assistante, bientôt l'une des plus grandes photographes du siècle.

Weston photographie Tina amoureusement nue pour l'éternité, allongée sur le toit en terrasse de la maison mexicaine. Et Rivera peint Tina tout aussi nue pour l'éternité, sur la grande fresque de l'École nationale d'agriculture à Chapingo, en mère nourricière du peuple aux seins généreux. Au début, si Weston s'absente, Tina lui écrit des lettres d'amour et ce sont les prières d'une sainte aux pieds d'un christ : « Tout le jour suivant j'étais comme grisée par le souvenir de la nuit passée, et comme imprégnée de sa beauté et de sa folie. Comment parviendrai-je à supporter l'attente ? J'ai relu ta lettre une fois encore, et comme les autres fois, mes yeux sont emplis de larmes… Jamais avant ce jour je n'avais pensé qu'une lettre, une simple feuille de papier, pourrait transmettre quelque chose d'aussi sublime, inspirer des sentiments aussi puissants… Tu lui as donné une âme.

« Si je pouvais être avec toi, à cette heure que j'aime tant, j'essaierais de te dire toute la beauté qui ces jours derniers a enrichi ma vie. Quand pourrai-je te voir ? J'attends que tu m'appelles. Il me suffit de fermer les yeux pour te sentir ici, avec la saveur du vin sur les lèvres et ta bouche pressée sur la mienne. Je peux revivre chaque instant de nos heures, les caresser, et les tenir doucement contre moi, comme des rêves fragiles et précieux. »

Weston est un gringo. Il prend ce qu'il est venu chercher au Mexique et s'en retourne, comme D.H. Lawrence, comme plus tard Lowry et Burroughs et Kerouac. Modotti reste. En 1926, Tina délaissée devient l'amante de Rivera, lequel présente son travail photographique : « Tina Modotti puise sa sève dans les racines de son tempérament italien, mais c'est au Mexique que son œuvre artistique s'est épanouie, et qu'elle a atteint une rare symbiose avec nos passions. »

Après l'éclair du magnésium, la fumée se dissipe. Sur la photographie que nous venons de prendre de la petite bande des treize, figurent les cinq amants successifs de Modotti à Mexico : Weston, Rivera, Guerrero, Mella, Vidali. Commençons par ceux qui ne le furent pas, ou bien secrètement, furtivement, mais n'ont jamais partagé sa vie, et que nous avons pourtant invités sur la photographie parce qu'ils furent les apôtres qui fréquentèrent la maison blanche et ensoleillée de Mexico : les deux autres peintres muralistes, José Clemente Orozco, l'artiste de Guadalajara que Trotsky s'en ira rencontrer en compagnie d'André Breton, et David Alfaro Siqueiros, celui qui, le premier, fera feu sur Trotsky et organisera l'attentat de mai quarante, et l'écrivain secret Traven, qui fut l'anarchiste Ret Marut et vient étudier la photographie à Mexico auprès de Weston et de Modotti, sous le nom de Torsvan, avant d'intégrer une mission ethnologique au Chiapas, et Vladimir Maïakovski débarqué ici en 1925, avant de rentrer se suicider en Russie en 1930, et John Dos Passos qui se rendra à Barcelone auprès du Poum et soutiendra Trotsky jusqu'à la fin, et Augusto César Sandino enfin, le révolutionnaire nicaraguayen auquel

Tina demande de l'emmener avec lui combattre dans la guérilla de la Nueva Segovia. Elle est une citoyenne de la douleur du monde, Tina. Mais Sandino l'en dissuade. Elle deviendra la responsable de son arrière-garde au Mexique, le comité Manos Fuera de Nicaragua.

Dans une autre fresque, au ministère de l'Éducation, *Ballade de la révolution prolétarienne*, Rivera peint encore une fois Modotti. Elle porte des munitions destinées à la révolution sandiniste au Nicaragua, ou à l'invasion que projette Mella à Cuba. Derrière eux, se tient Vidali, qui attend son heure. Tina reproche à Diego l'exposition de sa vie privée, la mise en scène du combat amoureux de ces hommes, leur jalousie. C'est que Tina vient de quitter Xavier Guerrero, le peintre muraliste idéologue, le dirigeant du Parti communiste mexicain, pour Julio Antonio Mella et sa gueule d'ange, son sourire d'Apollon, l'icône des révolutionnaires cubains. On est en 1927. Rivera se rend à Moscou.

Il y a du beau linge à Moscou cette année-là, Walter Benjamin s'y rend aussi, et Pierre Naville, c'est l'année de la chute de Trotsky. Et malgré les efforts déployés pour le lui cacher, Rivera voit l'échec de la Révolution, la soumission de l'art officiel. C'est la fissure. Il rentre au Mexique convaincu que seul Trotsky, déjà exilé au Kazakhstan, est l'héritier du message d'Octobre. En cette année 1927, Kroupskaïa, la veuve de Lénine, affirme que si Lénine vivait encore il serait déjà dans les geôles de Staline. La lutte de Staline et de Trotsky introduira la mort au sein de la petite bande. Ce sont les staliniens qui prennent le pouvoir : Guerrero, Siqueiros, Modotti, Vidali.

Celui-là, l'Italien Vittorio Vidali, est arrivé à Mexico

en provenance de Moscou, via Paris et Cuba. Il est l'homme du Guépéou, le commissaire politique, le nettoyeur anti-trotskyste.

Et pourtant ça n'est encore qu'une fissure. Pendant deux ans les choses vont un peu comme avant. C'est la période la plus riche de l'œuvre de Modotti. Elle photographie, toujours en noir et blanc, des compositions subtiles dans l'atelier de sa maison blanche, des fleurs dans les vases, des roses et des arums, faucille et marteau, guitare et cartouchières, et la machine à écrire de son amant Julio Antonio Mella. Elle sort parfois et photographie au-dehors des câbles électriques et des pylônes, des ouvriers au travail, des meetings révolutionnaires, les femmes de Tehuantepec qui se baignent nues. Rivera peint leurs corps magnifiques à la sortie du bain dans la rivière.

Au moment où la petite bande déjà se fissure, s'y glisse une jeune fille aux larges sourcils très noirs qui se rejoignent à la racine du nez, la jeune fille au merle sur le front, une jeune artiste dans l'éclat de ses vingt ans qui devient l'amie de Tina, la prend comme emblème de la liberté possible des femmes, et sa vie en est bouleversée. Frida Kahlo : « Au cours d'une soirée chez Tina, Diego avait tiré sur un phonographe et j'ai commencé à m'intéresser à lui, même s'il me faisait peur. »

Au début de cette année 1929, c'est chez Tina que Diego et Frida fêtent leur mariage. Frida se libère de la souffrance d'avoir été disloquée à dix-huit ans dans un accident de tramway, oublie la colonne vertébrale brisée, les mois d'immobilité, la douleur, le Demerol. Elle est soulevée par son amour pour Diego et son amitié pour

Tina, l'admiration qu'elle porte à cette femme fière, artiste, révolutionnaire, à son corps généreux dévoilé devant les photographes et les peintres, elle s'habille comme elle, jupe et blouse noires, une broche rouge à la faucille et au marteau, que lui offre Tina.

À l'automne de 1929, la fissure dans la petite bande devient fracture. Rivera dénonce le risque d'un art assujetti, et refuse tout droit de regard du Parti sur sa création. Le procès commence par des remarques insidieuses. On reproche à Rivera d'avoir accepté l'argent de l'ambassadeur des États-Unis, Morrow, et le confort de sa maison de Cuernavaca, pendant son travail au palais de Cortés, plutôt que de dormir sur le chantier. On lui reproche d'accepter les commandes officielles du gouvernement mexicain, qui n'est pas communiste.

Tina Modotti, lettre à Edward Weston, le 18 septembre 1929 : « Nous savons tous que ces charges lui ont été confiées par le gouvernement précisément pour le corrompre et pour dire : les rouges prétendent que nous sommes réactionnaires, mais voyez : nous permettons à Diego Rivera de peindre toutes les faucilles et tous les marteaux qu'il veut sur les bâtiments publics ! Tu vois combien sa position est ambiguë. Je crois que son départ lui fera davantage de tort qu'au Parti. Il sera considéré comme un traître. Je n'ai pas besoin d'ajouter que moi aussi je le considère comme tel. Désormais les contacts avec lui se limiteront au domaine de la photographie. En conséquence, je te demande de t'adresser directement à lui pour tout ce qui concerne le travail. »

Un mois plus tard, Diego Rivera, secrétaire de cellule, annonce en séance parodique l'exclusion du PCM du camarade Diego Rivera, « peintre-laquais du gouvernement petit-bourgeois du Mexique ». La petite bande se déchire, la mort s'immisce, se faufile. La première victime à Mexico de la guerre entre Staline et Trotsky sera Julio Antonio Mella.

Le bel Antonio, idéaliste, révolté, avait rédigé pendant ses études à La Havane la *Déclaration des droits et devoirs des étudiants*, créé la revue *Juventud*, fondé l'Université populaire José Martí pour éclairer le peuple et dispenser le savoir aux ouvriers et paysans. Il est expulsé par le dictateur Machado, découvre l'exil, se retrouve sans le sou au Honduras. La petite bande se cotise pour le faire venir à Mexico.

Puis Mella voyage, écrit, rencontre Andreu Nin fondateur du Poum, partage les idées de celui que les staliniens exécuteront plus tard à Barcelone. Il fonde la revue *Tren Blindado*, l'emblème de l'Armée rouge de Trotsky et de l'Opposition de gauche. Et sur la photographie prise par Tina de sa machine à écrire, dans une chambre de la maison blanche ensoleillée, sur la feuille glissée dans le chariot, se lit une phrase de Trotsky sur la fonction révolutionnaire de l'art. Mais l'époque est encore indécise. Mella imagine, comme beaucoup, que la révolution russe existe encore un peu, qu'un débat est possible, et se jette dans la gueule du loup. Il se rend à Moscou avec des délégués ouvriers et paysans, affronte le Komintern, impose la création, avec Diego Rivera, de la Confederación Sindical Unitaria de México, contre la volonté du PCM et de Moscou. Mella vient de signer son arrêt de mort.

Il est exclu du PCM pour Crime contre la ligne du Parti. Une nuit de janvier, il est abattu dans Mexico de deux balles de calibre 38 alors qu'il marche sur un trottoir au bras de sa compagne Tina Modotti. On enquête. La déposition de Tina et celles des quelques témoins oculaires se contredisent. Mella est inhumé au Panteón Francés, sa dépouille exhumée plus tard pour être rapportée à Cuba, où l'histoire officielle prétend, depuis, que le héros communiste est tombé sous les tirs des sbires du dictateur Machado, et non sous les balles des agents de l'État soviétique. Diego Rivera est plus précis : « Nous savions tous que c'était Vidali, il n'y avait aucun doute à ce sujet. »

Staline ne veut pas d'une révolution à Cuba, ni non plus d'une guérilla au Nicaragua, et pour la même raison Sandino sera livré à son sort, privé de soutien, assassiné en 1934. Après toutes les histoires d'amour au sein de la petite bande, ce sont des histoires de mort. Diego et Frida s'éloignent, quittent le Mexique, s'en vont faire un tour à Gringoland.

En 1930, ils débarquent à San Francisco, où Rivera, par provocation pour la petite bande, qui lira les journaux, peint les murs du Stock Exchange. Frida peint elle aussi, écrit, abandonne les tenues noires et strictes de la révolutionnaire pour se faire dame d'atour. Elle exhibe sur son corps martyrisé les grandes robes colorées des femmes tehuanas de Tehuantepec, les blouses brodées de Oaxaca, les huipils du Yucatán, les longs rebozos du Jalisco, les bijoux aztèques, les turquoises et les améthystes. Une œuvre vivante à la gloire des Indiens du Mexique et de leurs dieux solaires. Elle saura bien un jour avec tout cela étourdir le vieux Trotsky à Coyoacán.

Puis Diego et Frida sont invités dans la neige et

le froid de Detroit, le cœur mondial de la grande machine capitaliste. Rivera l'ogre flambeur doit couvrir de fresques l'usine modèle de Henry Ford, l'homme le plus riche du monde. Rivera n'est pas dupe du pari ou du bras de fer. S'emparer des millions et les empocher, c'est s'emparer des armes de l'ennemi. Et pourquoi ne pas s'en mettre plein les poches et sabrer le champagne à la gloire de la Révolution, et aux frais des exploiteurs que nous balaierons un jour de l'Histoire. Et les voilà toujours plus à l'est, et à New York, où Rivera est chargé de la décoration du Rockefeller Center. Cette fois le bouchon est poussé trop loin. Il se réjouit du scandale. Sa fresque est refusée par Nelson Rockefeller, et recouverte d'enduit. On cache le grand portrait de Lénine imposé au fronton du temple. Diego Rivera reçoit les journalistes et feint de s'étonner : « Comme si toute la ville, avec ses banques et ses agents de change, ses gratte-ciel et ses résidences de millionnaires, allait être détruite par la seule présence d'une image de Vladimir Ilitch. »

Modotti est restée à Mexico.

En décembre 1929, elle accroche la dernière exposition de photographies de sa vie. Le vernissage est organisé par David Alfaro Siqueiros, lui aussi de la petite bande alors explosée, l'homme de la droite ligne du Parti, le peintre muraliste ennemi de Rivera, celui qui, dans une dizaine d'années, tentera d'assassiner à la mitraillette Trotsky le proscrit. Deux mois après l'inauguration, Tina est expulsée du Mexique à la suite de l'enquête sur l'assassinat de Julio Antonio Mella. Elle gagne l'Allemagne en compagnie de son nouvel amant, le commissaire politique Vittorio Vidali, l'homme des coups tordus et des attentats. Elle fait encore deux ou trois photographies à Berlin puis laisse tomber, c'est fini, Tina met fin à sa carrière, laquelle n'aura duré que sept ans, de 1923 à 1930 : moins de trois cents photographies aujourd'hui éparpillées dans les musées du monde. Tina Modotti ne sera plus qu'une militante professionnelle à la solde du Parti. Elle essaie du moins de s'en convaincre : « Je mets trop d'art dans ma vie, trop d'énergie, et il ne me reste plus grand-chose à donner à l'art. »

Voilà l'artiste assujettie, rendue muette, les ailes coupées, entravée par la conspiration secrète dont elle s'est faite la complice. Dès 1931, ils sont à Moscou, les deux Italiens, Modotti et Vidali.

Comme toutes les petites mains, Tina est à la fois une animatrice du Secours rouge international et un agent des services. Elle effectue avec Vidali des missions dans plusieurs pays d'Europe sous diverses identités, petite Mata Hari du stalinisme. Au début de 1934, pendant que Jan et Lowry se marient dans le quatorzième arrondissement, absolument étrangers à la vie politique, Modotti et Vidali sont à Paris sous des noms d'emprunt et munis de faux passeports. Ils dirigent le Secours rouge et traquent l'Opposition de gauche. On les expulse après les émeutes du 6 février, alors que celles-ci ont fait échouer le rendez-vous de Trotsky et de Nadeau, mais ils l'ignorent, comme ils ignorent que Trotsky se planque à Barbizon.

Lors d'un pot de départ peut-être, en ce mois de février 1934, une despedida au mousseux à l'issue d'une réunion de cellule, Tina apprend l'assassinat à Managua d'Augusto César Sandino, un autre mort dans la petite bande pour n'avoir pas suivi la ligne, le Général des hommes libres que les communistes mexicains, après la reprise en mains du Parti par le Komintern et Vidali, avaient laissé tomber depuis trois ans. On avait fermé à Mexico le comité Manos Fuera de Nicaragua dont s'était occupé Tina, privé les sandinistes de leur base arrière et des livraisons d'armes, et publié, comme un coup de poignard dans le dos, un article dans *El Machete* en juin 1930 : « La conduite de Sandino prouve qu'il n'est en réalité qu'un caudillo libéral petit-bourgeois, pour qui le plus important n'est pas vraiment la lutte anti-impérialiste, mais la conquête du pouvoir au Nicaragua. » Les camarades se félicitent. Lui demande-t-on de lever son verre, à la Tina, elle qui voulait partir se battre dans la Nueva Segovia avec Sandino ?

Commence-t-elle à se demander si c'était bien la peine de vendre son âme au Diable ? Commence-t-elle à éprouver du dépit, de la colère face aux horreurs de l'Histoire, à la duplicité, aux manigances de l'homme qui à présent partage sa vie, Vittorio Vidali le séducteur, qui aura utilisé davantage d'identités que Traven, et dont elle sait qu'il fut Enea Sormenti, José Díaz et beaucoup d'autres ? Et puis c'est la guerre d'Espagne. Vidali a pris du galon et encore changé de nom.

Lorsqu'ils débarquent ensemble à Barcelone, en 1936, il est le Comandante Carlos Contreras, placé à la tête du cinquième régiment. Dans son ombre, Tina devient la camarade María Ruiz.

Dans une lettre envoyée cette année-là, Frida Kahlo écrit : « Ici, la situation politique est des plus intéressantes, mais ce que j'aimerais, c'est aller en Espagne, car c'est là que tout se joue en ce moment. » Depuis deux ans, Frida est seule et séparée de Diego, après qu'elle a découvert que sa jeune sœur Cristina était devenue sa maîtresse. Elle se confie à son amie Ella Wolfe : « Diego vient parfois me rendre visite, mais nous n'avons plus rien à nous dire, il n'y a plus le moindre lien entre nous, il ne me raconte jamais ce qu'il devient et il ne s'intéresse absolument pas à ce que je fais ou à ce que je pense. Quand on en est là, il vaut mieux larguer les amarres, et c'est probablement la solution qu'il va choisir, et qui sera pour moi une nouvelle source de souffrance. » Elle sait bien qu'elle l'a toujours partagé avec beaucoup de femmes mais il est son amour : « Après avoir sombré durant des mois dans le tourment, j'ai pardonné à ma sœur. J'avais cru qu'ainsi les choses allaient changer un peu, mais c'est tout le contraire. »

Enfermée dans sa maison bleue, elle peint, joue avec ses poupées, ses bijoux et ses vêtements zapotèques, olmèques, toltèques, mayas, aztèques, noue dans ses cheveux des fils de laine rouge et sur son corps martyrisé porte des corsages à jabot ornés de dentelles et de broderie de soie. Comment rivaliser avec l'actrice María Felix, la nouvelle maîtresse de Diego, dont on dit qu'elle est la plus belle femme du monde ? Elle signe parfois ses lettres La Malinche comme si Diego était son Cortés et sa colère se réveille, elle sait que le génie dispense du vaudeville, mais c'est plus fort qu'elle : « Une certaine lettre que j'ai trouvée par hasard dans une certaine veste d'un certain monsieur et qui lui avait été adressée par une certaine demoiselle de la lointaine et fichue Allemagne, que j'imagine être la dame que Willi Valentiner a eu la bonne idée d'envoyer ici pour qu'elle puisse s'amuser sous des prétextes “scientifiques” et “archéologiques” m’a mise hors de moi et a déchaîné, pour être franche, ma Jalousie. »

Frida collectionne les amants et les amantes mais rien n’y fait. Diego de son côté élève tel un pharaon sa propre pyramide, qui deviendra le musée Anahuacalli de Coyoacán. Diego Rivera devient lui-même un monument national mexicain aussi célèbre à l’étranger que les plages d’Acapulco et les jardins flottants de Xochimilco, et Frida continue de l’implorer : « Je crois qu’en fait je suis un peu bête et chienne sur les bords, car toutes ces choses sont arrivées et se sont répétées durant les sept années où nous avons vécu ensemble, et toutes mes colères ne m’ont conduite qu’à mieux comprendre que je t’aime plus que ma propre peau, et, bien que tu ne m’aimes pas de la même façon, tu m’aimes quand même un peu, non ?… Aime-moi un tout petit peu. Je t’adore. Frida. »

Seuls les combats politiques les rapprochent encore, et leur opposition commune aux staliniens. Lettre à Ella Wolfe : « Figure-toi que l’autre jour j’ai rencontré ce salaud de Siqueiros chez Misrachi, et il a eu le culot de me saluer après avoir écrit cette saleté d’article dans le *New Masses*, moi je l’ai traité comme un chien et je ne lui ai même pas répondu, quant à Diego, il a fait encore pire. Siqueiros lui a dit : “Comment ça va, Diego ?” et Diego a sorti son mouchoir, il a craché dedans et l’a remis dans sa poche, il ne lui a pas craché à la figure parce qu’il y avait du monde et que ça aurait fait un scandale, mais je peux te dire que Siqueiros avait l’air d’une vieille punaise écrasée, il est reparti la queue entre les jambes. »

En Espagne, en cette année 1936, Tina Modotti, devenue la camarade María Ruiz, mène des missions humanitaires, des missions de liaison. En compagnie de son mari, le grand commandant Carlos, elle fréquente les staliniens et parmi eux le peintre David Alfaro Siqueiros qui fut de la petite bande de Mexico et n'oubliera pas l'affront de Diego Rivera, et le général Kotov, et sa compagne Caridad Mercader, la mère de Ramón qui sera l'assassin de Trotsky après l'échec de la tentative de Siqueiros. Les conflits sanglants à l'intérieur du camp républicain sont encore masqués aux yeux des volontaires internationalistes. Ils le seront toujours après la défaite, lorsque, dans les maquis de la Résistance française, les staliniens continueront d'éliminer anarchistes et trotskystes. C'est ainsi que María Ruiz fréquente aussi bien Hemingway, lequel, par inattention peut-être, soutient les tchékas, qu'Orwell ou Dos Passos qui soutiennent le Poum.

Vidali et Modotti seront à nouveau expédiés au Mexique lorsque la déroute sera consommée. Diego Rivera a obtenu du président Cárdenas la délivrance d'un visa au proscrit Trotsky. Tina quitte Vidali. Elle vit seule et ne renoue pas avec ses amis d'autrefois, les survivants de la petite bande. Diego et Frida sont plus ou moins rabibochés et reçoivent ensemble Trotsky et Natalia à Coyoacán. Tina Modotti vit sous une autre identité quelque part dans la ville immense. Elle a conservé le prénom de María. C'est une femme de plus de quarante ans aux cheveux déjà grisonnants. Elle ne reprend pas non plus la photographie. Tout ça c'est fini. Un soir peut-être, elle retourne seule sur ce trottoir où elle a vu son bel Antonio, qui lui tenait le bras, mourir sous ses yeux. Elle entend les deux claquements des coups de feu. Elle parle trop, peut-être, la camarade María. Un anarchiste affirmera plus tard l'avoir entendue, un soir de lassitude, regretter que Vidali ne fût pas abattu en Espagne. Elle en sait tant, la camarade Tina. Elle meurt seule au fond d'un taxi, en janvier 1942, moins de deux ans après l'assassinat de Trotsky. D'une attaque cardiaque. Elle est enterrée au Panteón de Dolores de Mexico.

Victor Serge mourra lui aussi dans un taxi de la capitale, en allant à la Poste. Il arrivait ainsi que des révolutionnaires de l'Opposition de gauche comme tout un chacun fussent sujets à des attaques cardiaques dans les taxis de Mexico.

Ainsi vécut sainte Tina la Traîtresse, morte au combat peut-être, après s'être fourvoyée.

Tina y Alfonsina

Parce que ces deux prénoms sont indissociables dans nos mémoires, parce que ces deux femmes ont mené au même moment leur vie en parallèle, élevons-leur ce tombeau qu'elles méritent. Ce sont les hasards de la misère italienne, la fuite des paysans, les bateaux chargés de pauvres qu'on lit dans les romans de Traven, les quartiers insalubres des émigrants entassés aux Amériques. Ces deux-là sont nées dans les provinces du Nord, Alfonsina sur la frontière suisse, dans les dernières années du dix-neuvième siècle. L'une rejoint son père à San Francisco, quartier de Little Italy, l'autre débarque à l'âge de quatre ans dans le port de Buenos Aires, quartier de Palermo.

Par chance ou par calamité, toutes les deux sont jolies, on les repère, comme on dit. Tina fait un peu de cinéma et Alfonsina devient comédienne à quinze ans, puis auteur, à vingt-quatre, d'un premier recueil de poèmes dont elle dit qu'il fut « écrit pour ne pas mourir ». Personnage décalé, féministe au pays du machisme, institutrice pour enfants attardés, égérie des bibliothèques populaires du Partido Socialista de Buenos Aires, journaliste sous le pseudonyme asiatique de Tao Lao, Alfonsina abandonne vite ses premiers « miels romantiques » sous l'influence de la poésie moderniste du Nicaraguayen Rubén Darío. Elle déploie son talent au sein de ce qu'on appelle déjà, en Argentine et dans les années vingt, el postmodernismo.

Elle dédie son recueil *Languidez* à « tous ceux qui, comme moi, n'ont jamais réalisé un seul de leurs rêves ». Sa gloire est brutale et fragile, on la reçoit comme une diva dans les palaces atlantiques de Mar del Plata. À Buenos Aires, elle intègre la petite bande de La Peña, qui se réunissait alors au café Tortoni. Là elle côtoie Borges, Pirandello, Marinetti, puis rejoint l'autre petite bande des Signos, ceux de l'hôtel Castelar, où elle rencontre Ramón Gómez de la Serna, Federico García Lorca. Alfonsina traverse le Río pour Montevideo, chante peut-être le tango au café Sorocabana aussi bien qu'au café Tortoni. Elle devient l'amie de l'Uruguayen Horacio Quiroga.

Sur le modèle du livre de Nordahl Grieg, on aimerait écrire *Celles qui meurent jeunes*, dédié à Reisner, Kahlo, Modotti, Storni. Très vite le vol du papillon bigarré s'alourdit et ralentit. La poésie de la dame brune se voile d'une douce et terrible noirceur, se laisse toute envahir par les deux images incessantes de la mer et de la mort, la mort et la mer, une inondation lente et inexorable des flots noirs, de *Frente al mar* à *Un cementerio que mira al mar* ou *Alta mar*, jusqu'au prémonitoire *Yo en el fondo del mar*. En octobre 1938, alors que Tina est encore en Espagne, Alfonsina s'installe pour la dernière fois dans un hôtel balnéaire de Mar del Plata. Quelques mois plus tôt, apprenant le suicide de Horacio Quiroga, elle avait écrit ce poème éponyme :

Morir como tú, Horacio, en tus cabales,
Mourir comme toi, Horacio, en pleine conscience,
Y así como siempre en tus cuentos, no está mal ;
Et comme toujours dans tes nouvelles, voilà qui est bien ;
Un rayo a tiempo y se acabó la feria…
Une détonation bienvenue et la fête est finie…
Allá dirán…
Laissons-les dire…

Horacio Quiroga était mort comme dans ses nouvelles et Alfonsina mourra comme dans ses poèmes. Le 22 octobre, elle compose le dernier et l'envoie à Buenos Aires, *Voy a dormir*. Trois jours plus tard, selon la légende et l'histoire de la chanson populaire, après avoir attendu en vain un dernier amant, ou au moins qu'il lui téléphone, elle entre dans la mer et s'y noie. Des gouttelettes en diadème accompagnent sa marche lente dans les flots, et ses lèvres, peut-être, murmurent le premier distique de *Dolor* écrit douze ans plus tôt :

Quisiera esta tarde divina de octubre
Je voudrais en cette soirée divine d'octobre
Pasear por la orilla lejana del mar…
Longer la mer au-delà du rivage…

Les divines soirées d'octobre en Argentine ne sont pas celles de l'automne mais du printemps austral. Elle avance dans les eaux dorées du couchant. Après la noyade de la passante nostalgique, de l'Ophélie atlantique, un parolier, Félix Luna, compose le boléro *Alfonsina y el mar*, dans lequel il reprend quelques vers du dernier poème, *Voy a dormir…*

Te vas, Alfonsina, con tu soledad…

Et sur la tombe de Tina Modotti, au Panteón de Dolores de Mexico, plutôt que ces vers du poète stalinien Pablo Neruda qu'on y a gravés,

Tina Modotti, hermana, no duermes, no, no duermes :
Tina Modotti, ma sœur, tu ne dors pas, non, tu ne dors pas :
Tal vez tu corazón oye crecer la rosa
Peut-être ton cœur entend-il éclore la rose
De ayer, la última rosa de ayer, la nueva rosa.
D'hier, la dernière rose d'hier, la rose neuve.
Descansa dulcemente, hermana
Repose doucement, ma sœur

je choisis pour elle ceux-là d'Alfonsina Storni en leur complicité de grandes amoureuses :

Si en los ojos te besan esta noche, viajero,
Si cette nuit un baiser se pose sur tes yeux, voyageur,
Si estremece las ramas un dulce suspirar,
Si un tendre soupir frissonne entre les branches,
Si te oprime los dedos una mano pequeña
Si une main délicate presse tes doigts
Que te toma y te deja, que te logra y se va
Te tient et te lâche, t'étreint et s'en va

Si no ves esa mano, ni esa boca que besa,
Si tu ne vois cette main, ni cette bouche qui embrasse,
Si es el aire quien teje la ilusión de besar,
Si c'est l'air qui tisse ce baiser de rêve,
Oh, viajero, que tienes como el cielo los ojos,
Ô, voyageur, dont les yeux sont comme le ciel,
En el viento fundida, ¿ me reconocerás ?
Dans le souffle du vent, me reconnaîtras-tu ?

Eugénie les larmes aux yeux
Nous venons te dire adieu
Nous partons de bon matin
Par un ciel des plus sereins
Nous partons pour le Mexique
Nous partons la voile au vent
Adieu donc belle Eugénie
Nous reviendrons dans un an.

une chanson de la Légion

les pieds sur terre

On a beau dire et faire agir et puis penser
On est le prisonnier de ce monde insensé

ARTHUR CRAVAN

Même s'il fut acheté ici au Mexique, sa conception est européenne et place l'Europe au centre du monde. C'est un planisphère de type Mercator, et Trotsky, à Coyoacán, est debout devant l'Europe. Perdu dans les marges, à droite et à gauche, le détroit de Béring est invisible et le Pacifique coupé en deux.

Il voit ses propres parcours dans l'espace en quelques dizaines d'années, depuis la Sibérie où il avait été relégué dans le bourg d'Oust-Kout que ne mentionne aucune carte, une dizaine d'isbas au bord de la Léna, jusqu'au Canada où les Anglais l'avaient emprisonné à Halifax, en passant par tous les pays d'Europe qu'il a sillonnés, l'Allemagne, la Serbie, la Roumanie, la Bulgarie, l'Autriche-Hongrie, l'Espagne, l'Italie, la Turquie, la Suisse, la France, la Norvège, le Danemark, un tour du monde de l'hémisphère Nord. Trotsky n'a jamais franchi l'équateur. Tout ça c'est des histoires de Blancs du Nord, des histoires de l'Europe. Ni le

Brésil ni l'Afrique. Ni l'Inde ni la Chine où se joue l'histoire de notre siècle.

Debout dans ce bureau de Coyoacán, Trotsky continue sans doute à placer involontairement la Sibérie à l'est, à main droite, quand ici dans ce bureau il devrait la placer à main gauche. Si le Mexique était au centre du planisphère, on verrait bien que l'Europe est à l'est au large de Tampico, et de l'autre côté la Sibérie à l'ouest au large de Vancouver. Le planisphère Mercator est un obstacle épistémologique.

Et pour les Français, après la fin de la guerre d'Indochine, parce que les troupes coloniales embarquaient à Marseille pour Saigon, lorsque les Américains avaient pris le relais, il était difficile d'imaginer que les B-52 ne volaient pas vers l'est à leur tour, et que le Vietnam était en face de la Californie, que tout se jouait autour du Pacifique, et que l'Europe se retrouvait sur la face cachée de la planète.

Trotsky est ukrainien donc européen, et dès son arrivée en Amérique, pendant la Première Guerre mondiale, descendant du *Montserrat* en même temps qu'Arthur Cravan, il s'inquiétait du devenir de l'Europe : « Le fait économique de la plus haute importance, c'est que l'Europe se ruine aux sources mêmes de sa fortune tandis que l'Amérique s'enrichit. Et contemplant avec envie New York, moi qui ne me suis pas encore défait de mes sentiments d'Européen, je me demande, angoissé, si l'Europe pourra tenir… Le centre de gravité de la vie économique et culturelle ne va-t-il pas passer de ce côté, en Amérique ? » Au milieu du suicide collectif des Européens, de la jeunesse de l'Europe sacrifiée dans la boucherie de Verdun, il prévoit que, « même en cas de victoire des Alliés, la France, après la guerre, lorsque les fumées et les gaz se seront dissipés, se trouverait, sur l'arène internationale, dans la situation d'une grande Belgique ».

Trotsky s'assoit à son bureau, essuie ses lunettes, allume la lampe, passe de la Géographie à l'Histoire. Devant lui, la petite bibliothèque qu'il a demandé au beau Van de rassembler sur l'histoire du Mexique. Il est ainsi, Trotsky, et sa curiosité est encyclopédique. Il veut forer l'histoire de ce pays, creuser ses souterrains jusqu'au début du siècle dernier pour comprendre le présent. Depuis les guerres d'indépendance du curé Hidalgo et de Morelos, les dizaines de présidents, jusqu'à l'apparition du héros Benito Juárez. La vie exemplaire de l'enfant indien né loin de tout dans les sierras du Sud, l'orphelin dont la vie devait être celle d'un berger au milieu des broussailles, et qui décide seul de découvrir le monde, parcourt dans les collines les dizaines de kilomètres qui l'amènent à Oaxaca, voit pour la première fois une ville. Lui qui ne sait que le zapotèque apprend en un rien de temps l'espagnol, le latin et le français, devient avocat, gouverneur de Oaxaca, président du Mexique, et tente de promulguer la première loi de séparation de l'Église et de l'État.

C'est en 1860 où beaucoup se joue, au Mexique comme ailleurs. Cette année-là, Garibaldi à la tête des Mille s'empare de Naples et de la Sicile et invente l'Italie, l'empire slave atteint le Pacifique et le tsar ordonne la fondation de Vladivostok, le Seigneur de l'Est. Quelques centaines de Russes s'installent autour d'une église en bois et bâtissent un port. Londres est encore avec ses deux millions d'habitants la ville la plus peuplée du monde. L'Europe de la révolution industrielle se répand sur la planète. Ferdinand de Lesseps entreprend de creuser le canal de Suez et de faire de l'Afrique une île. En 1860, les armées coalisées de la France et de l'Angleterre font plier la Chine et saccagent à Pékin le Palais d'été. C'est l'Europe victorieuse des locomotives noires et des navires à vapeur, des explorations géographiques et des progrès scientifiques. Pendant qu'en cette année de 1860 Henri Mouhot découvre les temples d'Angkor, pendant que Pasteur depuis Chamonix escalade la mer de Glace et démontre qu'il n'y a pas de génération spontanée, on fusille sur une plage du Honduras l'aventurier William Walker, lequel, après avoir été l'éphémère président d'une république qu'il s'était découpée sur une carte du Mexique, s'était emparé du Nicaragua pour y creuser le canal interocéanique. En cette année 1860, à Mexico, éclate le conflit entre les conservateurs catholiques et les libéraux conduits par Benito Juárez. Après avoir promulgué la loi de nationalisation des biens ecclésiastiques, le président est chassé du pouvoir et c'est la guerre civile.

Dès la déroute de William Walker, à laquelle l'armée française a modestement contribué, Napoléon III signe en secret avec le nouveau gouvernement du Nicaragua un contrat pour le percement du canal. Les États-Unis et l'Angleterre menacent d'intervenir. Quelques mois plus tard, l'empereur change son fusil d'épaule et les troupes débarquent à Veracruz. Le Second Empire place sur le trône Maximilien d'Autriche. Lui qui avait refusé de devenir roi de Grèce, le voilà empereur du Mexique.

L'Angleterre et l'Espagne avaient au début soutenu l'expédition coloniale, elles jettent l'éponge. Malgré l'héroïsme de la Légion à Camerone, et les soixante-deux hommes qui toute une journée résistèrent devant deux mille, retranchés dans une hacienda en feu sans eau ni vivres, avant que les six survivants ne chargent au soir à la baïonnette, la situation est confuse, et le corps expéditionnaire partout harcelé par les troupes fidèles à Benito Juárez. Les Français sont battus à Puebla en 1862. Le général Bazaine l'emporte au même endroit l'année suivante, puis pénètre dans Guadalajara, contraint Porfirio Díaz à livrer Oaxaca. Cinq ans plus tard, le général Bazaine se retire et Maximilien Ier, qui a pris goût au trône et peut-être aux tacos, refuse d'abdiquer. Juárez le fait fusiller à Querétaro en juin 1867.

Cette année-là, Auguste Pavie fait élever au Laos un monument à la mémoire de Mouhot. La France qui abandonne le Mexique amplifie son emprise sur l'Indochine. Les temples d'Angkor deviennent pour le Second Empire ce que furent les pyramides d'Égypte pour le Premier. En Amérique centrale naît la légende du grand vieillard blanc qui aurait échappé aux troupes de Juárez, se serait enfui en bateau, aurait descendu la côte du Pacifique. Et je me souviens d'un garagiste de San Salvador, il y a bientôt vingt ans, convaincu d'être le descendant direct de Maximiliano, et dont la famille possédait en effet un peu d'argenterie, et divers objets frappés du monogramme de l'empereur, et qui s'adressait à moi avec un peu d'acrimonie, comme si j'étais la France en personne et devais le rétablir dans ses fonctions.

Trois ans plus tard, en septembre 1870, le Second Empire s'écroule. Celui qui est devenu le maréchal Bazaine à son retour du Mexique, enfermé dans Metz, vient de capituler devant les Prussiens sans combattre. Pour lui, plutôt l'ennemi que la Commune. La République le condamne pour trahison. Il s'enfuira en Espagne.

Après que Benito Juárez aura repris un temps le pouvoir à Mexico, le général Porfirio Díaz régnera plusieurs dizaines d'années de manière presque ininterrompue. C'est la terrible Paz porfiriana qu'on verra dans le Volcan de Lowry : « Juan, petit esclave de sept ans, avait vu, de ses yeux vu, son propre frère aîné battu à mort, son second frère vendu quarante-cinq pesos et mourant de faim sept mois plus tard car il revenait moins cher au propriétaire de faire mourir son esclave à la tâche et de le remplacer par un autre esclave que de le nourrir décemment. Cette réalité avait un nom : Porfirio Díaz. »

Mais c'est aussi la modernité des machines et de l'électricité, la richesse de l'industrie, le luxe des villas fin de siècle à Mexico derrière leurs grilles, les fontaines, les parcs ombreux et proustiens, les luttes sanguinaires pour le pouvoir qu'on lira dans les romans de Martín Luis Guzmán qui fut le secrétaire de Pancho Villa. Le capitalisme engendre on le sait le prolétariat et, conformément à la dialectique marxiste, court ainsi à sa propre perte et à la Révolution. Aux cavalcades des armées de Zapata au sud et de Villa au nord, qui fondent sur Mexico en quatorze, la belle révolution mexicaine dont le président Lázaro Cárdenas est l'héritier. Maintenant Trotsky sait où il est, dans l'espace et dans le temps. Il est prêt à reprendre ici le combat, depuis cet îlot de démocratie qui seul résiste au milieu du fascisme et du nazisme et du stalinisme, à lutter contre la falsification historique, contre Thermidor, à brandir l'étendard, à créer une Quatrième Internationale.

À ses côtés, dans ce bureau de Coyoacán, se tiennent le beau Van et Alfred Rosmer, le compagnon depuis l'époque du train blindé, depuis Prinkipo, qui est resté à Mexico après avoir accompagné Sieva depuis Paris. Tous trois mettent en ordre les archives que Trotsky préfère envoyer en lieu sûr, à la bibliothèque de l'université Harvard. Vingt-deux mille documents sauvés des pillages, des cambriolages et des incendies, trimballés depuis Moscou tout autour de la planète, et les doubles de quatre mille lettres que Trotsky, tout au long de ces années, a dictées en russe, en anglais, en français et en allemand.

On envisage d'organiser à Mexico un contre-procès de Moscou. Les trois hommes classent et recopient les preuves qu'ils produiront aux audiences. Ils corrigent ensemble une dernière version de *Ma vie* pour laquelle Trotsky, debout devant le planisphère Mercator, les mains dans le dos, dicte un texte de présentation. Il se veut bref et concis comme un homme que la mort talonne, dont le temps est compté :

« En qualité de commissaire du peuple aux Affaires étrangères, j'ai mené les pourparlers de paix à Brest-Litovsk avec les délégations allemande, austro-hongroise, turque et bulgare. En qualité de commissaire du peuple à la Guerre et à la Marine, j'ai consacré environ cinq années à l'organisation de l'Armée rouge et à la reconstruction de la Flotte rouge. Pendant l'année 1920, j'ai joint à ce travail la direction du réseau ferroviaire qui était en désarroi. Les années de guerre civile mises à part, l'essentiel de mon existence a été constitué par une activité de militant du Parti et d'écrivain. »

Ses cendres reposeront au milieu du petit jardin tropical.

à Cuernavaca

Le Jour des Morts, pendant que la fête populaire bat son plein, que la grand-roue Ferris lève au ciel ses nacelles, le docteur Arturo Díaz Vigil et Jacques Laruelle, après leur partie de tennis, s'assoient devant une bouteille d'Anís del Mono sur la terrasse du Casino de La Selva qui domine la ville. Ils se souviennent du Consul assassiné au Farolito un an plus tôt. Jacques Laruelle, réalisateur de cinéma, quitte la ville et n'y reviendra plus. Depuis longtemps, ce Laruelle nourrit le projet de tourner en France « a modern film version of the Faustus story with some such character as Trotsky for its protagonist ».

Dans les premiers mois de cette année 1937, pendant que Trotsky, depuis Coyoacán, reprend son combat révolutionnaire, et compulse ses archives en prévision du contre-procès de Moscou qui se tiendra à Mexico, Lowry arpente toutes les rues pentues de Cuernavaca et invente les lieux de son roman. Il les modifiera après avoir découvert Oaxaca, importera depuis le sud l'église Nuestra Señora de la Soledad et le Farolito, bâtira la ville fictive au nom préhispanique : « Dix-huit églises et cinquante-sept cantinas sont la gloire de Quauhnahuac. » Jacques Laruelle, qui fut l'ami du Consul et l'amant de sa femme Yvonne, habite en haut de la rue Nicaragua une curieuse maison équipée d'une manière de tourelle, emplie de tableaux de José Clemente Orozco et de Diego Rivera. Sur la façade est gravée une phrase de Fray Luis de León : No se puede vivir sin amar.

Lorsque Lowry choisit cette maison pour Jacques Laruelle, il n'y est jamais entré. Il la louera dix ans plus tard, le Volcan enfin achevé, quand il quittera Vancouver pour revenir à Cuernavaca. Cette maison est par la suite devenue l'hôtel Bajo el volcán et j'y avais retenu une chambre depuis Mexico. J'étais arrivé un midi à la gare routière où je m'étais procuré un plan. La calle Nicaragua du roman est la calle Humboldt. Au fond du jardin, la chambre 127, de plain-pied, ouvre sur une balustrade en fonte peinte en vert, au-dessus des bambous qui s'élèvent depuis la barranca. Tout en bas s'entendait le bruit du torrent qui sourd de la neige des volcans. J'avais rendez-vous avec Francisco Rebolledo, lequel avait quitté Mexico depuis vingt ans, enseignait la littérature et le cinéma à l'université de Cuernavaca, et venait de faire paraître un essai sur le Volcan, *Desde la barranca*, agrémenté de plans et de photographies en noir et blanc.

En ce début de décembre 2007, le Popocatépetl était entré en éruption et le quotidien *La Jornada* titrait : « Don Goyo lanza fumarola de dos kilómetros de altura ». Assis à l'abri de la retombée des cendres dans l'une des cinquante-sept cantinas, à la Estrella ou à la Universal, je mentionnais la statue équestre de Zapata que je venais d'apercevoir depuis l'autocar, laquelle contrevenait à la typologie qu'on m'avait autrefois enseignée à La Havane. Selon celle-ci, lorsque les quatre sabots du cheval sont au sol, le héros est mort de sa belle mort, une jambe levée et il est mort de ses blessures, les deux antérieurs décollés du sol il est mort au combat. On voyait ici au milieu d'un échangeur autoroutier Emiliano Zapata, pourtant assassiné par traîtrise dans l'hacienda San Juan Chinameca, charger sabre ou machette au clair sur un cheval au galop, crinière de bronze au vent, dont aucun sabot n'effleurait le sol. Nous en étions venus à évoquer le film d'Elia Kazan, *Viva Zapata !*, et le scénario de John Steinbeck, pendant que nous arpentions la ville, du palais d'été de Maximilien au palais de Cortés où sont les fresques de Rivera. Je voulais voir aussi les œuvres de Vlady mort ici deux ans plus tôt. Le Casino de La Selva était devenu un supermarché Mega, et l'hôtel sur le zócalo où entre Yvonne à l'aube était un immeuble de bureaux.

Par un escalier, nous étions descendus au fond de la barranca, le long des racines de trente mètres accrochées dans la muraille de roche comme de gros nerfs rachidiens pour aller s'abreuver tout en bas dans le ruisseau au milieu de la jungle, là où pourrissaient le corps du Consul et celui du chien jeté après lui, reprenions notre marche en compagnie du fantôme de Geoffrey Firmin aux lunettes noires, ex-consul de Grande-Bretagne, démissionnaire depuis que les relations diplomatiques ont été rompues, et demeuré là, seul à Quauhnahuac depuis que sa femme Yvonne l'a quitté, attendant à l'aube le bruit du rideau de fer qui se lève à grand fracas sur l'antre de la cantina ou de la pulquería la plus proche, mais « ce n'était pas lui qu'on risquait de voir tituber dans la rue. Bon, d'accord, il lui arrivait parfois de se coucher à même dessus, comme un gentleman, au besoin, mais quant à tituber, alors là, pas question ! ». Lowry retrouve son fauteuil vert en rotin sous la véranda, son amas de livres et la Remington portative, sa bibliothèque qui est la bibliothèque du Consul dans le Volcan, Gogol et Tolstoï, Shakespeare et Shelley, Spinoza, Duns Scot et les mystiques, « et Dieu sait pourquoi un *Jeannot Lapin* – Tout est dans *Jeannot Lapin*, se plaisait à dire le Consul ».

Jan s'enfuit pour Veracruz, s'en va retrouver un amant, et Lowry compose l'hymne aux cœurs lacérés, s'inocule les alcools transparents comme une peste blanche, voit les neiges éternelles et rosées à l'horizon sur la sierra, les deux volcans Popocatépetl et Iztaccihuatl et en bas le ravin, la grande fêlure en zigzag de la barranca, l'abîme putride, il prie « the Virgin for those who have nobody with », « la Vierge pour ceux qui n'ont personne avec », la Virgen de la Soledad. Il cherche comment faire entrer tout ça dans le roman. L'avenida de la Revolución et le Casino de La Selva. El Palacio de Cortés et les fresques de Diego Rivera et la grand-roue Ferris. Les ruines du palais d'été de Maximiliano et sa veuve Carlotta ou Charlotte devenue folle de solitude au retour dans la Belgique de son enfance. Le Consul et l'Empereur. Les héros faustiens qui ont vendu leur âme au Diable.

Geoffrey Firmin, le Consul à la barbiche trotskyste, sirote toute la nuit ses mezcalitos au comptoir. Il ne lit pas la lettre d'Yvonne, « pourquoi suis-je partie mon amour, pourquoi m'as-tu laissée partir ? ». Il revoit le petit bimoteur rouge vif, « le petit avion de la Compañía Mexicana de Aviación, minuscule démon rouge porté par les ailes émissaires de Lucifer ». Des Indiens dorment assis dos au mur, le grand chapeau abaissé sur leur visage. Le Consul écume les sombres cantinas aux tables poussées contre les murs. Des bougies meurent dans les goulots de bouteilles de bière Moctezuma dernier empereur aztèque de Tenochtitlán. Il invoque le souvenir d'Yvonne comme un simulacre tissé des filaments du passé. Puis elle est revenue, un an plus tard, le Jour des Morts. C'est le privilège du roman de ramener les amours enfuies. Elle est entrée à l'aube cuivrée dans la pénombre de l'hôtel où le Consul a passé la nuit accoudé au comptoir, et c'est une scène d'Apparition des saintes Écritures. Le Consul la voit sans y croire, « légèrement aveuglé sans doute par la lumière du soleil qui dessinait une silhouette un peu floue, debout, là, devant lui, main passée dans la poignée d'un sac rouge vif tenu serré contre la hanche ». Tous deux mourront au crépuscule.

On poussera le Consul avec une balle dans le ventre au fond de la barranca après l'avoir traité de Bolchevik.

le contre-procès

Sans que rien ne vienne l'attester, aucune note ni aucun courrier, il n'est pas invraisemblable d'imaginer que c'est à Mexico, durant l'un de ses séjours mensuels pour aller recevoir la pension paternelle, que Lowry découvre à la lecture d'un journal la présence de Trotsky à Coyoacán. Dans le hall de l'hôtel Canadá, avenida Cinco de Mayo, Lowry aura compulsé un exemplaire du quotidien *El Universal*, qui publie alors un supplément en langue anglaise à l'attention des gringos. On y annonce l'ouverture du contre-procès de Moscou à Mexico.

Le président Lázaro Cárdenas a accepté qu'une commission menée par des étrangers vienne juger Trotsky au Mexique. C'est en première page et les crieurs courent sur les trottoirs. Cárdenas est accusé par la droite de bafouer la souveraineté nationale, et par les staliniens d'offrir une tribune au renégat diabolique. Le contre-procès se tiendra dans la maison bleue de Frida Kahlo, transformée pour l'occasion en forteresse, guérites et sacs de sable à l'entrée sur la rue Londres, hommes en armes. Sans doute on enferme ou déporte les animaux du jardin, le singe-araignée, le cerf, la poule.

Les oiseaux n'osent plus venir boire aux vasques. Les audiences sont ouvertes le 10 avril 1937.

Le philosophe new-yorkais John Dewey, soixante-huit ans, démocrate, professeur à l'Université, spécialiste renommé des sciences de l'Éducation, a accepté de présider le jury. C'est une sommité morale qu'on ne peut soupçonner de soutenir ni Staline ni Trotsky. Pendant dix jours, du matin au soir, la commission fonctionne sur le modèle d'un tribunal. Les jurés interrogent et les avocats répondent, l'accusé dépose. Tous les débats se tiennent en anglais. Avec l'aide de Van, Trotsky a extrait des archives les multiples preuves qui doivent montrer l'inanité des accusations portées contre lui. L'enjeu est considérable. Trotsky a accepté de se livrer si son innocence n'est pas attestée. Avec une précision mathématique, Van présente les documents qui démontrent les incohérences des lieux, des dates, les fausses déclarations arrachées, décrivent la machinerie infernale des procès de Moscou. Staline veut justifier ses échecs et la famine qui sévit par la trahison et le sabotage, il veut aussi et surtout régner seul. Bientôt, Trotsky et lui seront les deux derniers survivants du Comité central de dix-sept.

La première grande mise en scène, le procès du « Centre terroriste trotskyste-zinoviéviste », dit procès des Seize, s'est tenue quelques mois plus tôt, pendant que Trotsky était en Norvège, en août 1936. Tous les accusés, et parmi eux les vieux compagnons de Lénine, Zinoviev et Kamenev, ont été exécutés dès le lendemain du verdict. La seconde mise en scène, le procès du « Centre antisoviétique trotskyste de réserve », dit procès des Dix-sept, s'est ouverte en janvier 1937, juste après l'arrivée de Trotsky à Tampico. Devant le procureur Vychinsky, les vieux héros torturés, dont les familles sont déjà incarcérées, s'accusent de tous les crimes dont Trotsky entreprend par l'étude des archives de les disculper. Ses réfutations sont implacables et peu à peu il l'emporte, convainc. Lorsqu'on lui demande à la fin si c'était bien utile, s'il n'a pas vendu son âme au Diable en s'alliant avec ceux qui aujourd'hui bafouent la vérité, si, même innocent des crimes dont on l'accuse à Moscou, il ne reconnaît pas une part de responsabilité de la Révolution elle-même, si c'était bien la peine Kazan pour en arriver à la Loubianka, Trotsky répond par une phrase que Natalia et Frida, peut-être, comprennent mieux encore que John Dewey : « L'humanité n'est pas parvenue jusqu'à présent à rationaliser son histoire. C'est un fait. Nous, êtres humains, n'avons pas réussi à rationaliser nos corps et nos esprits. Il est vrai que la psychanalyse tente de nous enseigner à harmoniser notre physique et notre psychologie, mais sans grand succès jusqu'à présent. »

Quant aux alliances politiques qu'il a dû nouer, tout au long de l'action révolutionnaire dans laquelle il est engagé jour et nuit depuis l'âge de dix-huit ans, il ne peut rien regretter, parce que l'Histoire est ainsi, que c'est toujours dans l'instant présent qu'il faut agir, décider, et qu'attendre d'y voir clair, avec le recul nécessaire, c'est se condamner à ne jamais rien faire. Dès sa première rencontre avec Lénine, à Londres, au début du siècle, ils se sont opposés. Trotsky voyageait alors sous le pseudonyme de Pero et tout cela figure dans les archives. Le coup de génie et la fourberie de Lénine avaient été de donner le premier à son petit groupe le nom de Bolcheviks, les Majoritaires, et d'obliger tous les autres dont Trotsky, plus nombreux, à devenir les Mencheviks, les Minoritaires. Par la suite, il avait rejoint Lénine parce que sans leur union la Révolution aurait échoué, et qu'il ne fallait pas qu'elle échoue. Bien sûr, on peut s'enfermer dans une chambre pascalienne et ne commettre aucune erreur. On est autant responsable alors, devant l'Histoire, de n'avoir pas agi.

Il fait chaud dans le jardin de la maison bleue, des mouchoirs passent sur les visages et sur les nuques. La parole est à l'accusé et Trotsky entame sa longue plaidoirie, une déclaration finale en anglais de plus de quatre heures : « La question n'est pas de savoir si nous pouvons atteindre la perfection absolue de la société. Pour moi, la question est de savoir si nous pouvons faire de grands pas en avant, et non de chercher à rationaliser le caractère de notre histoire, sous prétexte qu'après chaque grand pas en avant, l'humanité fait un petit détour, et même un grand pas en arrière. Je le regrette beaucoup, mais je n'en suis pas responsable. Après la Révolution, après la Révolution mondiale, il est bien possible que l'humanité soit fatiguée. Pour certains, pour une partie des hommes ou des peuples, une nouvelle religion peut apparaître, et ainsi de suite. Mais je suis certain que ça aura été un grand pas en avant, comme la Révolution française. Bien sûr elle a fini par le retour des Bourbons, mais le monde a d'abord retenu l'avancée, les enseignements, les leçons de la Révolution française. »

L'ensemble des audiences de la commission Dewey sera publié à New York sous le titre de *L'Affaire Trotsky*, un compte rendu de six cents pages, dont les conclusions déclarent l'accusé innocent des crimes dont il est accusé à Moscou. Un tel jugement démocratique, porté par des ennemis de l'Union soviétique, n'est pas de nature à inquiéter Staline, et peut-être alimente au contraire la théorie du complot, démontre la trahison de Trotsky, allié des capitalistes et des impérialistes, et accélère encore la machine infernale.

Dès le mois suivant, en mai 1937, s'ouvre en secret le procès de « l'Organisation militaire trotskyste antisoviétique ». L'Armée rouge est décapitée, tous les généraux et officiers accusés sont exécutés et parmi eux Ouborevitch, le vainqueur de Vladivostok. En mars 1938, ce sera le procès du « Bloc des droitiers et des trotskystes antisoviétiques », dit procès des Vingt et un, dans lequel disparaîtra Boukharine qui avait accueilli Trotsky à New York pendant la Première Guerre mondiale. Et en marge des grands procès ce sont les purges, les exécutions, les camps, les centaines de milliers d'arrestations, bientôt les millions, les esclaves envoyés dans les mines de Sibérie. L'horreur qu'on découvrira dans vingt ans à la lecture du *Ciel de la Kolyma* d'Evguénia Guinzbourg, l'humanité avilie, la folie meurtrière. Lorsque des journalistes demandent à John Dewey son sentiment sur Trotsky, sur l'homme qu'il a côtoyé pendant ces journées, au-delà de son rôle historique, il répond que « c'est un personnage tragique. Une telle intelligence naturelle, si brillante, enfermée dans des absolus ».

Bien sûr il va mourir en exil, Trotsky, ce dernier témoin qui refuse de se taire, menacé par les communistes mexicains et par les fascistes sinarquistas, il s'en doute bien, mais tout recommencera, pour le meilleur et pour le pire. On sait la phrase de Bolivar. « Celui qui sert une révolution laboure la mer. » La

Revolución nunca se acaba. Dans vingt ans, Ernesto Guevara et la petite bande des clandestins cubains entreprendront en cordée l'ascension du Popocatépetl, viendront endurcir leur corps dans la neige et affermir leur solidarité avant d'embarquer sur la *Granma*. Dans quarante ans, de nouveaux sandinistes chasseront la dictature somoziste au Nicaragua. Dans soixante ans, de nouveaux zapatistes se soulèveront dans l'État du Chiapas. Les nacelles montent au ciel et descendent à chaque révolution de la grand-roue Ferris, qui tourne dans le Volcan de Malcolm Lowry comme au-dessus de la Vienne ravagée de Graham Greene.

Malcolm & Graham

Pendant que Lowry est à Cuernavaca, et Trotsky à Coyoacán, en 1937, un autre écrivain anglais débarque au Mexique. Celui-là est catholique fervent et agent secret. Graham Greene vient écrire ici un roman dans lequel les révolutionnaires mexicains pourchassent et fusillent les curés, un roman sur la misère des hommes et les horreurs de l'Histoire. Graham Greene bénéficie de l'anonymat qu'on refuse à Trotsky, marche dans les rues sans gardes du corps, s'assoit dans les églises. L'écrivain russe et l'écrivain anglais auront un lecteur commun et enthousiaste, plus tard prix Nobel de littérature, qui saura déceler, dans son exercice d'admiration, que ces deux-là, par des voies opposées, auront été des hommes justes :

François Mauriac à propos de Trotsky : « Que se passe-t-il chez cet enfant juif élevé en dehors de toute religion ? Et n'est-ce pas précisément pour cela que la passion de justice accapare toutes ses puissances ? Littérateur-né, à mesure qu'il grandit, l'adolescent ne devient pas le petit Rastignac que nous connaissons tous. Il ne souhaite même pas de faire carrière dans la révolution et par la révolution. Il veut changer le monde, simplement.

« Chez cet enfant comblé de dons, chez ce premier de la classe en toute matière, quelle mystérieuse main coupe une à une toutes les racines de l'intérêt personnel, le détache et finalement l'arrache à une destinée normale, pour le précipiter dans un destin presque continûment tragique où les prisons, les déportations, les évasions, servent d'intermèdes à un interminable exil ? »

François Mauriac à propos de Greene : « La puissance et la gloire du Père éclatent dans ce curé mexicain qui aime trop l'alcool et qui a fait un enfant à une de ses paroissiennes. Type si vulgaire, si médiocre, que ses péchés mortels ne relèvent que de la moquerie et du haussement d'épaules, et il le sait.

« Il y a la nature corrompue et il y a la Grâce toute-puissante ; il y a l'homme misérable, qui n'est rien, même dans le mal, et ce mystérieux amour qui le saisit au plus épais de sa ridicule misère et de sa honte dérisoire pour en faire un saint et un martyr. »

Le prêtre alcoolique et déchu de Graham Greene revient sur ses pas, et franchit à nouveau la frontière à l'appel d'un mourant, alors qu'il sait bien, ou se doute bien, que c'est un guet-apens, et qu'il se jette dans la gueule du loup.

Lowry et Greene ne se sont jamais croisés au Mexique. On peut imaginer que plus tard Greene a lu le Volcan avant d'écrire *Le Consul honoraire*. D'un côté l'impeccable efficacité romanesque que rien jamais ne vient enrayer, l'impeccable créateur qui poursuit avec maîtrise son double métier d'agent secret et de romancier, et dans chaque endroit du monde, aussitôt, se remet à l'ouvrage – *La Puissance et la Gloire* à Mexico, *Le Troisième Homme* à Vienne, *Un Américain bien tranquille* à Saigon, *Notre agent à La Havane* à Cuba –, et de l'autre le grand foutoir de Lowry, l'absolu et sempiternel tâtonnement de Lowry qui toujours commence par écrire une nouvelle, le récit d'un moment de sa vie – un voyage maritime d'Angleterre en Norvège, un voyage en autocar de Cuernavaca à Mexico –, et qui pendant des années, de version en version, dans son amas de livres et de bouteilles, se perd, reprend, déchire ou égare et reprend, jusqu'aux deux mille feuillets du Ballast réduit en cendres dans la cabane en flammes, et de toutes ces nouvelles devenues des romans voudrait constituer une œuvre unique et dantesque, démesurée, dont chaque roman deviendrait un cercle ou un chapitre, *The Voyage that Never Ends*, projet dont il sait bien, dès le titre, qu'il ne viendra jamais à bout.

Mais chez Lowry et Trotsky, c'est la question bien plus grande : savoir dans quel but vendre son âme au Diable. Pourquoi cette belle et terrible solitude et ce don de soi qui leur font abandonner la vie qu'ils aimeraient mener, les êtres qu'ils aiment, pour aller toujours chercher plus loin l'échec qui viendra couronner leurs efforts.

Ils ont le même goût du bonheur, un bonheur simple et antique, celui de la forêt et de la neige, de la nage dans l'eau froide et de la lecture. Chez ces deux-là, c'est approcher le mystère de la vie des saints, chercher ce qui les pousse vers les éternels combats perdus d'avance, l'absolu de la Révolution ou l'absolu de la Littérature, où jamais ils ne trouveront la paix, l'apaisement du labeur accompli. C'est ce vide qu'on sent et que l'homme, en son insupportable finitude, n'est pas ce qu'il devrait être, l'insatisfaction, le refus de la condition qui nous échoit, l'immense orgueil aussi d'aller voler une étincelle à leur tour, même s'ils savent bien qu'ils finiront dans les chaînes scellées à la roche et continueront ainsi à nous montrer, éternellement, qu'ils ont tenté l'impossible et que l'impossible peut être tenté. Ce qu'ils nous crient et que nous feignons souvent de ne pas entendre : c'est qu'à l'impossible chacun de nous est tenu.

la cité de la terrible nuit

> *Oaxaca ! Le mot résonna comme un cœur qui se brise, comme une brusque volée de cloches engloutie par l'ouragan, comme les syllabes ultimes prononcées par des lèvres mourant de soif dans le désert.*
>
> MALCOLM LOWRY

Après une dernière scène à l'hôtel Canada de Mexico, Lowry porte les valises de Jan dans l'escalier. Deux hommes attendent celle-ci à bord d'une automobile pour l'emmener en Californie. Il règle la note et prend l'autocar pour le Sud, descend par paliers la région la plus transparente de l'air, longe les cactus et les agaves puis les sapins, les ahuehuetes, compose un poème dont on peut préférer le titre en espagnol, *Cuando el maguey cede paso al pino*, *Quand l'agave laisse place au pin*.

Il est loin déjà le miracle de Cuernavaca, la ville de l'Éternel printemps. Oaxaca, ce sera la « cité de la Terrible nuit, plus terrible que celle de Kipling ». Lowry s'installe dans cet hôtel Francia où était descendu D.H. Lawrence avant d'écrire *Le Serpent à plumes*, après que sa femme l'avait quitté pour rentrer en Europe.

Comme si toute la littérature devait être inventée par un seul écrivain exilé sous pseudonyme. Lowry vient ici pour souffrir et ne sera pas déçu. Dès son arrivée, dans son délire et sa paranoïa, il se croit suivi par des espions à lunettes noires, et c'est peut-être vrai.

Depuis plus d'un an qu'il est au Mexique, il a appris à prononcer Mériko pour Mexico, et Waraka pour Oaxaca, il sait quelques mots d'espagnol. Pendant ces mois de solitude, son seul ami sera Juan Fernando, le grand Indien de deux mètres qui n'est pas Cravan, le coursier zapotèque du Banco Nacional de Crédito Ejidal, la banque de la réforme agraire de Lázaro Cárdenas, chargé de convoyer à cheval dans les collines l'argent pour les paysans, et qui plus tard sera assassiné comme le pelado détroussé du Volcan, et Lowry écrira *Sombre comme la tombe où repose mon ami.*

Dans le patio de l'hôtel Francia, les télégrammes qu'il ne lit plus brûlent au fond des cendriers. C'est la chute. Il est au creux du ravin allongé de tout son long dans l'égout de la barranca, avec la peur au ventre de ne pas trouver le courage de construire de la beauté. Il pousse de l'épaule la porte des églises, avance sous les coupoles d'or, cherche le réconfort et voit, tout en haut des colonnes en torsades imitées du Bernin, le ciel bleu pâle des anges. Aux murs des absides, les remerciements peints sur les petites plaques en tôle des bidons d'huile, les ex-voto à toutes les Vierges de miséricorde. « Mon amour, pourquoi suis-je partie ? Pourquoi m'as-tu laissée partir ? Serai demain sans doute aux États-Unis, dans deux jours en Californie. Espère trouver un mot de toi m'y attendant. Je t'aime. »

Lowry traîne sa carcasse au fond des cantinas et dans son crâne résonnent les « escarpins rouges au martèlement laconique ». Devant les bouteilles de bière Moctezuma alignées, un petit autel sur le comptoir où la Madone est auréolée de veilleuses électriques en guirlandes et de fleurs en plastique. La Virgen de las Causas Difíciles y Desesperadas. Il ne sait plus où il s'est endormi. S'il est agenouillé le front sur un prie-Dieu dans la chapelle emplie d'or et de cierges comme une raffinerie en flammes ou assis dans la cantina El Infierno. « Elle portait son sac rouge vif à la main. » Il cherche dans une poche les fragments de son grand poème d'amour et de sang et le syllogisme atroce. No se puede vivir sin amar. No se puede amar *ergo* No se puede vivir. « Oh que si je t'aime, je t'aime encore de tout l'amour du monde, mais mon amour est tellement loin de moi, si tu savais, tellement étrange, qu'on dirait presque que je l'entends au loin, très loin… » Il a appris à prononcer aussi cervéça mérikana una masse, et prie toutes les Vierges de toutes les Guadalupes, « si j'entre dans une rue tu t'y trouves. La nuit quand je me glisse jusqu'à mon lit tu m'y attends. Qu'y a-t-il d'autre dans l'existence que l'être que l'on adore ou bien la vie que l'on construit ensemble ? ». On boit des tournées sur le compte du gringo borracho et on se moque de lui en se poussant du coude. Un proxo, assis à sa table avec une fille à gros seins, vante la qualité hygiénique de ses Mourairesses Mérikanasses :

– Veri sanitari.

Lowry est coupable. Il cherche à se souvenir de quoi. Coupable de ne pas produire de la beauté ni d'agir dans l'Histoire. Pendant la guerre, le Consul était capitaine d'un navire chasseur de sous-marins allemands. Il a laissé ses hommes brûler des prisonniers dans la chaudière. Lowry paie ses mezcals à la sueur des ouvriers misérables des filatures de coton de Liverpool. Il n'écrit pas le Volcan mais l'impossibilité d'écrire le Volcan, des notes et des dessins griffonnés sur les menus dactylographiés de l'hôtel Francia de Oaxaca, aujourd'hui conservés, telles les reliques d'un saint, à Vancouver. Cette œuvre, « il faut qu'elle soit tumultueuse, orageuse, pleine de tonnerre, le vivifiant Verbe de Dieu doit y résonner proclamant l'espoir de l'homme, mais elle doit être aussi équilibrée, grave, emplie de tendresse, de pitié et d'humour ».

Maintenant c'est trente-huit, et ça ne rigole plus.

Après que le président Lázaro Cárdenas est venu à Londres annoncer la nationalisation des pétroles de Tampico, l'Angleterre a rompu ses relations diplomatiques avec le Mexique. Depuis Liverpool, le père de Lowry sans nouvelles s'inquiète. Son fils a été jeté en prison pour ivrognerie et troubles publics. Phalangistes espagnols et pro-nazis fomentent une contre-révolution, veulent renverser Cárdenas et assassiner Trotsky. Lowry voit un vautour ou un urubu dans son lavabo, zopilote ou condor des Andes. Le squelette du Consul est remonté de la barranca à quatre pattes, très blanc, la tête de mort porte des lunettes noires, traverse le zócalo et accompagne Lowry jusqu'à la banque. Les espions aux lunettes noires sont des hommes de confiance. Ils sont envoyés par le père pour extraire son fils du Mexique. Sa fortune et sa conscience familiale sont assez considérables pour sauver le fils indigne. Ou peut-être, secrètement, le fils préféré.

Que sait-il de son fils Malcolm, ce père qui ne l'a pas revu depuis quatre ou cinq ans ? Ce père qui, pendant tout le séjour new-yorkais de son fils, lui envoyait chaque semaine, par les paquebots de la Cunard, le *Times Literary Supplement* et du tabac anglais pour sa pipe ? Que pressent-il ? Comment écrire l'histoire du fils sans celle du père ? Arthur Lowry a quitté l'école à quinze ans, à dix-neuf ans est devenu comptable, à vingt et un ans caissier principal, à présent actionnaire de l'entreprise d'import-export Buston & Co.

C'est un self-made-man, membre du club de natation et médaille d'argent du sauvetage en mer. Il est fier d'inscrire ses fils à Cambridge, chez ceux qui ont trouvé la mangeoire et la trouvent à leur goût. Arthur Lowry est un Anglais victorien, sûr de son droit et de celui de la reine à étendre, comme l'écrit Kipling, son « dominion over palm and pine », parce que Dieu l'a décidé ainsi. Il connaît le monde et les palmiers et les pins. Les affaires du grand capitalisme anglais l'ont amené à arpenter la planète. Égypte, Russie, Palestine, Argentine, Pérou, Texas. Mais rien, jamais, ne l'a aidé à résoudre l'énigme de ce fils.

Pressent-il le repos et l'oubli qui lui seront à jamais refusés parce qu'il est le père d'un génie, et la calamité que son nom, dans des siècles, effacé sur sa tombe, sera encore écrit dans les livres ? Pourquoi ne lui coupe-t-il pas les vivres, comme toujours il l'en menace ? Pourquoi ne lui permet-il pas de mener une vie normale, quitte à la perdre ? Ses hommes de confiance assemblent les papiers éparpillés dans la chambre du Francia, accompagnent le fils vers le Nord jusqu'à la frontière, l'installent à Los Angeles, hôtel Normandy. Ils lui remettront chaque mois un pécule suffisant pour le gîte et le couvert. Pendant presque un an, Lowry va bricoler là, dans sa chambre californienne, les manuscrits du Ballast et du Volcan, économiser sur la nourriture et les cigarettes pour payer une dactylo. À vingt-neuf ans, son statut est celui d'un incapable majeur au bord de la démence. Le père a engagé un avocat pour régler à moindres frais le divorce avec Jan.

À l'arrêt d'autobus de Western et Hollywood Boulevards, Malcolm Lowry rencontre Margerie Bonner. Comme Tina Modotti une ancienne starlette de Hollywood. Lowry est amoureux. Son visa va expirer. Le père décide d'envoyer le fils au Canada. Les hommes de confiance organisent son installation à Vancouver. Lowry part seul. Il écrit cette phrase, qui pourrait être une bonne définition du génie et aussi d'un certain nombre d'autres maladies mentales : « Je ne suis pas moi mais le vent qui souffle à travers moi. »

Le voilà sauvé, et exilé du Mexique. Il attendra d'en avoir fini avec le Volcan pour revenir avec Margerie à Oaxaca.

Lloyd & Loy

Au Mexique être un lâche ou craindre pour sa vie sont deux choses absolument différentes.

MALCOLM LOWRY

Un qui n'en réchappera pas, c'est l'autre poète anglais, vingt ans avant Lowry, il traverse Oaxaca et lui aussi voudrait s'enfuir, sortir du Mexique. Il n'y parviendra pas.

Fabian Lloyd vient d'épouser en secret Mina Loy. Ils quittent Mexico pour Oaxaca, gagnent plus au sud le port de Salina Cruz sur le golfe de Tehuantepec, où les rejoignent quelques complices. Ensemble, ils cherchent à acheter un bateau capable de naviguer en haute mer pour quitter clandestinement le pays.

Lloyd a abandonné à Barcelone sa compagne Renée en lui promettant un très improbable retour. Ou bien qu'il la ferait venir un jour à New York. Il a abandonné ses amis Gleizes et Picabia, embarqué à bord du *Montserrat* en même temps que Trotsky, auquel il s'est présenté sous son nom de poète et de boxeur,

Arthur Cravan. Le neveu scandaleux du scandaleux Oscar Wilde est atteint de grande bougeotte, et déjà, depuis la Catalogne, il écrivait à sa mère toujours à Lausanne : « Du reste je ne pense pas rester ici. Je partirai d'abord pour les îles Canaries. Las Palmas en toute probabilité, et de là, pour l'Amérique, le Brésil… »

À New York, il rencontre Mina Loy, peintre, poète, actrice. Elle vient d'être élue « Représentante de la femme moderne » par le *New York Evening Sun*. Les États-Unis entrent dans la Grande Guerre et débarquent leurs troupes à Saint-Nazaire. Lloyd craint d'être enrôlé et de partir pour le front. Même né en Suisse, il est anglais et risque la mobilisation. Il voyage seul au Canada, revient à New York et retrouve Mina, ils se décident pour l'Argentine. Maintenant tous deux rêvent de Buenos Aires, dont Marcel Duchamp, qui vient de quitter New York, leur dit le plus grand bien : « On y respire un merveilleux parfum de paix, une tranquillité provinciale qui m'oblige à travailler. »

Loin des charniers de l'Europe et de la vie mondaine de New York, les deux poètes d'avant-garde, si le projet avait abouti, auraient fréquenté, à Buenos Aires, comme Alfonsina Storni, les petites bandes poétiques du moment, celle de La Peña et croisé Borges et Marinetti, celle des Signos et croisé Ramón Gómez de la Serna et Federico García Lorca. Encore faut-il se payer le voyage pour le Cône sud. Cravan compte s'y rendre seul et par voie de terre, gagner sa vie en chemin. Une fois là-bas faire venir Mina. Il franchit la frontière du Mexique sur le río Grande en décembre dix-sept, sous le nom de Fabian Lloyd.

Conscient que la boxe, davantage que la poésie, lui viendra en aide, il transporte avec lui les coupures de journaux qui attestent de ses succès passés. Peut-être aussi une reproduction du tableau de Van Dongen qui le montre les gants levés. Comme Traven, il jongle avec les nationalités. Afin de ne pas alerter les autorités consulaires britanniques, il se dit au hasard suisse, canadien ou français. Arthur Cravan a bien été champion de France des mi-lourds. Sous ce nom, il a battu, à Athènes, le champion olympique Georges Calafatis. À Mexico, il intègre l'Escuela de Cultura Física de la rue Tacuba.

Assez vite pourtant tout se déglingue. Il est seul et se sent perdu, supplie Mina. Les quinze lettres qu'il lui envoie pendant ces quelques mois pourraient être de Lowry à Oaxaca ou de Rimbaud à Aden, ou bien, comme Gauguin aux Marquises, il aura sous-estimé le pouvoir dévastateur de la solitude. « Je n'ai jamais cru que c'était possible de souffrir pareillement, j'en arrive à craindre pour mon équilibre. » Il est malade et perd pied, dans son délire signe parfois les courriers depuis Buenos Aires quand il est encore à Mexico. « J'ai une peur effroyable de devenir fou. Je ne mange plus du tout et je ne dors pas du tout. » Ça n'est pas la meilleure préparation d'un boxeur. Il se traîne sur le ring, parvient quand même à en imposer du haut de son mètre quatre-vingt-dix-huit pour cent cinq kilos. « Il faut que tu viennes ou je viendrai à New York ou je me suiciderai. Je suis possédé d'un de ces amours exceptionnels de la même manière que l'on ne rencontre un grand talent que tous les cinquante ans. » L'existence est insupportable. « Mourir de l'âme c'est dix mille fois pire que le cancer. » Il est trempé de mauvaise sueur sous les ventilateurs de la salle d'entraînement, dans les odeurs de baume bingué et d'arnica, l'écriture est bâclée. « La vie est atroce. » Pourtant, il promet encore à Renée, demeurée à Barcelone, qu'ils se retrouveront un jour.

Mina cède, vient le retrouver. Ils se marient en secret.

Parce qu'il va bien falloir trouver de l'argent pour s'enfuir, Arthur Cravan, champion de France, défie Jim *Black Diamond* Smith pour le titre de champion du Mexique. Il sait qu'il n'est pas en état de combattre, et négocie par contrat une bonne somme en cas de défaite. Il sait bien qu'il va se faire casser la gueule et ça ne rate pas. Il tient deux rounds. Smith conserve son titre, vainqueur par K-O dès la deuxième reprise. Le magot du vaincu est de deux mille pesos, mais Cravan est généreux, et Mina ne sait plus trop combien il pouvait rester au moment du départ pour Oaxaca : « Fabian gagna environ deux mille pesos dans un combat de boxe à Mexico, somme qu'il partagea en grande partie (avec les entraîneurs, etc.) parce qu'il voulait que profitent aussi du match les hommes qui l'avaient aidé quand il mourait de faim et qu'il était malade. »

Il est question dans les journaux d'un match de revanche à Veracruz et des affiches sont imprimées. Mais il s'agit sans doute, dans l'esprit de Lloyd, d'une entreprise de diversion à seule fin de justifier son départ de Mexico. On le croira sur la côte atlantique quand il gagne la côte pacifique. Parvenus à Salina Cruz, ils découvrent que Mina est enceinte. Pour lui éviter des semaines à bord d'un rafiot, Fabian lui offre une cabine sur un navire japonais en partance pour l'Argentine par le canal de Panamá. Ils se retrouveront à Buenos Aires. Pour l'instant, lui et sa petite bande cherchent à acquérir discrètement une embarcation. Lloyd se rend seul à Puerto Ángel, à quatre jours de cabotage de Salina Cruz, où on lui promet une affaire. Mina confond dans ses souvenirs Ángel et Ángeles. Elle a aussi oublié si la petite bande imaginait emprunter le Canal, ou, pour des raisons de clandestinité, de franchir tout au sud le cap Horn.

Autour de Lloyd, trois ou quatre fuyards, dont un marin de San Francisco peut-être lui aussi déserteur. Ils pensent ainsi pouvoir former un équipage. « Tous réunirent leur argent et le donnèrent à Fabian pour qu'il achète un bateau. Ils l'attendaient à l'hôtel de Salina Cruz pour éviter la dépense supplémentaire du voyage jusqu'à Puerto Ángeles – il leur restait peu d'argent – et ils se trouvèrent en grande difficulté quand Fabian ne revint pas. » Depuis Buenos Aires, Mina s'inquiète. Elle est sans nouvelles et sans le sou. « Il avait mis de côté trois cents pesos pour me les virer, car il était très préoccupé pour moi – mais il craignait de le faire depuis Mexico, pensant que la police secrète saurait ses intentions de départ pour l'Argentine et le surveillerait. » Pendant des semaines, elle se rend à la Poste restante. Mina attend Cravan comme Piaf aurait attendu Cerdan. Il ne donnera plus signe de vie.

En cet été de 1918, un an et demi après avoir quitté Barcelone à bord du *Montserrat*, Trotsky remonte la Volga pour vaincre la Légion tchèque à Kazan.

Comme plus tard le père de Lowry s'adressera à la légation britannique au Mexique, la mère de Lloyd, alertée par Mina, lui répond : « Je vais écrire au consul britannique à Mexico pour voir s'il sait quelque chose sur lui. Ainsi sa disparition sera officielle. » Ce qui l'inquiète, la mère, c'est qu'une disparition interdit de régler l'héritage. Fabian n'est pas son fils préféré, c'est l'autre, l'aîné, le peintre raté, pas ce provocateur de Cravan qui depuis son adolescence s'est pris d'admiration pour son oncle sodomite Oscar Wilde, quand ses cousins ont dû changer leur nom de famille pour ne plus porter celui de leur père frappé d'infamie. Elle conteste aussi la validité du mariage de son fils avec Mina, laquelle devra lui en fournir la preuve. Mina Lloyd, finalement, rentre en Angleterre où naît leur fille Fabienne.

À Londres, Mina contacte les services secrets britanniques qui ouvrent une enquête, elle rédige pour eux son témoignage. Celui-ci sera repris par Maria Lluïsa Borràs, laquelle, depuis Barcelone, essaiera de rassembler tous les éléments du dossier : « L'idée que le marin ait pu le tuer m'est aussi venue, écrit Mina, pour les mêmes raisons que celles que vous avancez. Mr Cattell, en revanche, ne le croit pas possible parce que le marin voulait tout autant que les autres se rendre en Argentine, et n'avait pas de meilleure solution que de se joindre à eux, car il n'aurait pu trouver meilleure compagnie pour faire le voyage. De plus Cattell dit qu'il n'était pas un méchant homme. On ne retrouva jamais la trace du marin. Nous avons pris contact avec des amis à lui à San Francisco, qui n'entendirent plus jamais parler de lui. »

Pendant des années, continueront de circuler les hypothèses farfelues. On croira avoir aperçu le géant en divers endroits du Mexique. On le dira plein aux as après avoir empoché les droits d'un roman, *Le Trésor de la Sierra Madre*, publié sous le pseudonyme de Traven. Et l'on songe encore une fois à la phrase d'Ortega y Gasset que recopie Lowry, selon laquelle chacun d'entre nous écrit la fiction de sa vie à mesure qu'elle va :

Que le poète anglais, et champion de France de boxe, ait péri noyé dans le Pacifique ou bien fût assassiné à Puerto Ángel, ou bien qu'il retrouvât Renée, dont la trace aussi se perdit, *La Disparition d'Arthur Cravan* est le grand roman d'aventures de Fabian Lloyd et pourrait être signé Traven.

à Vancouver

Depuis la fenêtre aux vitres épaisses du Granville Island Hotel, dans Johnston Street, j'essaie d'apercevoir par-delà les estacades, le long desquelles se balancent des petits yachts blancs tout étincelants de givre, et par-delà les eaux froides du Pacifique, la haute tour de béton de l'hôtel Azimut au-dessus du port de Vladivostok, ce port où Lowry avait débarqué du *Pyrrhus* en 1927. Il a bouclé son grand tour de roue Ferris. Le voilà treize ans plus tard en Colombie-Britannique.

Sherrill Grace m'accompagne de l'autre côté du parc Stanley pour aller voir enfin où se trouvait cette foutue cabane au Canada sur la plage de Dollarton. À l'entrée du bois, un panneau annonce que « Malcolm Lowry, author, lived with his wife in a squatter's shack near this site ». Nous suivons le sentier au milieu de grands arbres très verts aux troncs énormes et humides, des pins et des érables, des rochers, des plaques de neige, descendons dans le froid encore vif du printemps vers la grève et l'eau cristalline du Burrard Inlet, dans ce paysage grand ouvert, où « des mots tels que printemps, eau, maisons, arbres, sarments, lauriers, montagnes, loups, baie, roses, îles, forêts, marées et cerf, et neige, avaient assumé leur être véritable ». Lowry se calfeutre dans sa cabane en bois de squatter sur pilotis où il écrira la phrase trotskyste du Consul, « le péché originel fut d'être propriétaire foncier », où il évoquera William Blackstone, l'érudit de Cambridge parti vivre au milieu des Indiens d'Amérique, loin du puritanisme des villes canadiennes et de ces écriteaux dans les bars, « Interdit de servir des alcools aux Indiens et aux mineurs ». Parfois devant lui un cerf traverse le fjord à la nage.

Margerie est venue le rejoindre et Lowry pour la deuxième fois se marie en secret de son père, dont la modeste pension les contraint à mener la vie la plus simple et la plus frugale. Lowry fend les bûches et tous deux se serrent devant le poêle. « Oui, c'était là leur place en ce monde et ils l'aimaient. » Les enveloppes du père ne sauraient résoudre le problème ontologique du fils. Dans une lettre à son éditeur Jonathan Cape, qui est alors aussi celui de Traven et de Hemingway, Lowry qui n'a rien publié depuis sept ans l'affirme : « Je résolus d'attaquer à la gorge ma "fantasmagorie mezcalienne", le Volcan, et m'employai à fond à écrire ce projet devenu entre-temps une aventure spirituelle ».

Pendant ce premier hiver presque sans alcool, devant les montagnes bleu glacé à l'horizon, Lowry emmitouflé et les doigts gourds emplit au stylo les feuilles que Margerie tape à la machine. Tous les deux sous la lampe consument leurs jours et leurs nuits pour finalement quoi, un roman, de l'encre noire sur du papier blanc, une œuvre de poète tout emplie de tous les noms des poètes, de tous ceux qui, de Nerval à Baudelaire, avaient avant lui déjà consumé leurs jours et leurs nuits et signé les pactes démoniaques des Faust de Goethe et de Marlowe. « Si seulement je pouvais représenter un homme qui incarne tout le malheur humain mais en même temps la vivante prophétie de son espoir ! » Lowry veut assembler tout le grotesque et l'horrible et la beauté de la condition humaine dans la dernière journée du Consul, en douze chapitres et douze heures jusqu'à son assassinat par les fascistes sinarquistas, la chute de l'ange au nez rouge de clown précipité dans l'enfer de la barranca et un chien mort après lui.

Fin mai quarante, les grandes feuilles vert et pourpre des érables se déplient, la glace rompt dans le détroit, Lowry achève une troisième version du Volcan et l'envoie chez les éditeurs.

Il faut avoir passé les derniers mois dans une cabane de pêcheur en Colombie-Britannique, loin des journaux comme des postes de radio, pour ignorer que, fin mai quarante, le monde de l'édition comme le monde en général connaissent quelques perturbations. Ça n'est pas vraiment le bon moment. Après que les armées allemandes ont envahi la Pologne et traversé la Belgique, les panzers filent vers Paris et repoussent vers Dunkerque les soldats anglais. À Saint-Nazaire, plusieurs milliers d'entre eux périssent dans le seul naufrage du paquebot *Lancastria* de la Cunard bombardé par l'aviation de Göring. C'est aussi le moment où James Joyce, qui vient enfin d'achever l'écriture de *Finnegans Wake*, convaincu que la guerre mondiale est une vaste conspiration contre la publication de son grand œuvre, quitte l'hôtel Lutetia et part se suicider au Pernod sur la ligne de démarcation. En cette fin de mai quarante, pendant que Margerie se rend en autobus à la Poste de Vancouver pour expédier le Volcan, en France c'est l'exode des habitants du Nord jetés par milliers sur les routes avec leurs baluchons, et à Coyoacán c'est la première tentative d'assassinat de Trotsky.

Au milieu de la nuit du vingt-quatre, des hommes vêtus d'uniformes de la police mexicaine font irruption dans le jardin et arrosent à la mitraillette Thompson le bâtiment des gardes en briques rouges, puis le corps principal. Lorsque nous nous étions rendus rue Viena avec Sieva devenu le vieil Esteban, il m'avait montré la chambre où il avait reçu une balle dans le pied cette nuit-là et ça n'était pas une balle perdue, précisait-il, parce que les tirs se voulaient mortels. Les trois occupants de la maison, Sieva et le proscrit et Natalia, s'étaient jetés sous les lits.

Dès le lendemain, Trotsky rédige son témoignage pour l'enquête mais il n'a rien vu, il dormait quand les rafales ont été tirées de l'extérieur. « Des éclats de verre des fenêtres et du plâtre des murs sautaient dans tous les sens. Un peu plus tard, je sentis que j'étais légèrement blessé à la jambe en deux endroits. Au moment où la fusillade s'éteignit, nous entendîmes notre petit-fils crier dans la pièce voisine : Grand-père ! La voix de cet enfant dans les ténèbres après la fusillade reste le souvenir le plus tragique de cette nuit. » C'est lui, le grand-père, qui a mené une action en justice pour extraire Sieva de son orphelinat et le voilà lui aussi exposé aux balles de Staline. Ses deux filles Nina et Zina sont mortes, et les deux fils que lui a donnés Natalia, Lev et Sergueï. Sieva est son seul descendant. La maison de la rue Viena est aussitôt transformée en forteresse. On surélève les défenses, déroule des barbelés en haut des murs du jardin, construit à chaque extrémité des miradors de briques percés de meurtrières. On installe à l'entrée un double sas électrifié. De nouveaux gardes du corps seront envoyés en renfort par le syndicat des camionneurs de Minneapolis. Le reclus volontaire reprend son travail au sein de la bastide imprenable. Dans le tiroir de son bureau, un Colt .38 et devant lui le petit automatique calibre 25, qui ne serviront à rien.

Les assaillants, une vingtaine d'hommes répartis en quatre automobiles, s'étaient retirés en enlevant le garde Robert Sheldon Harte, dont on retrouvera plus tard le corps au fond d'une fosse emplie de chaux vive. Après plusieurs semaines, l'enquête établira la responsabilité, à la tête du commando, du peintre muraliste David Alfaro Siqueiros, membre du Parti communiste mexicain et frère ennemi de Diego Rivera et comme lui membre de la petite bande des Dieguitos et des Macheteros. Et Siqueiros, ancien combattant de la guerre révolutionnaire du Mexique, puis de la guerre d'Espagne du côté des tchékas, réfugié dans l'État du Jalisco, confondu et condamné, devra encore une fois partir en exil. Pablo Neruda lui fournira un visa pour le Chili.

Le 28 mai 1940, quatre jours après ce premier attentat manqué, Ramón Mercader, sous le nom de Frank Jacson, entre pour la première fois dans la maison de la rue Viena et rencontre Trotsky.

Dans les heures qui ont suivi l'attentat, Diego Rivera, pris de panique, s'est enfui pour San Francisco. Il vient de rompre avec Trotsky et de quitter avec fracas la Quatrième Internationale. Il compte beaucoup d'ennemis dans les rangs du pouvoir, lesquels, si l'enquête piétine, se réjouiraient de le voir en garde à vue, interrogé et même incarcéré. Peut-être craint-il aussi pour sa vie et soupçonne qu'il est le prochain sur la liste. Dans la précipitation, et aussi avec la force de l'habitude, il a demandé à deux de ses maîtresses d'organiser son départ et de l'accompagner, son assistante Irene Bohus et l'actrice Paulette Goddard. Il craint qu'on ne se venge en son absence sur sa collection d'art précolombien, qu'on ne pille les milliers d'œuvres pour lesquelles il fait bâtir son musée d'Anahuacalli, et depuis la Californie il demande à Frida Kahlo de faire vider son atelier et ses réserves. Diego et Frida ont divorcé six mois plus tôt. Frida est malade et fatiguée. Elle et sa sœur Cristina sont longuement interrogées par les enquêteurs, qui soupçonnent bien que c'est à l'intérieur de la petite bande qu'ils trouveront l'initiateur de l'attentat.

Frida règle néanmoins les détails et les frais de l'immense déménagement, et envoie au fuyard une lettre cinglante : « Je suis contente d'avoir pu t'aider jusqu'à l'épuisement, bien que je n'aie pas eu l'honneur d'en avoir fait "autant" pour toi que Mlle Irene Bohus et Mme Goddard ! À en croire tes déclarations à la presse, ce sont elles, les héroïnes, les seules à mériter toute ta reconnaissance. Ne va pas croire que je te dis ça par jalousie ou parce que je suis en manque de gloire, je veux juste te rappeler qu'il y a quelqu'un d'autre qui mérite ta reconnaissance, surtout que cette personne n'attend aucune reconnaissance journalistique ou autre… et cette personne est Arturo Arámburo. Il n'est le mari d'aucune "étoile" de renommée mondiale, il n'a pas de "talent artistique", mais il a les couilles bien accrochées, et il a fait des pieds et des mains pour t'aider, et non seulement toi, mais aussi Cristina et moi, qui nous sommes retrouvées parfaitement seules. »

Elle joint au courrier les duplicatas de toutes les factures pour les chauffeurs et les camions, les caisses de bois et l'emballage précieux des milliers de statuettes du futur musée Anahuacalli de Coyoacán, sa colère ne faiblit pas, « et maintenant plus que jamais je comprends tes déclarations et "l'insistance" de Mlle (?) Bohus à vouloir faire ma connaissance. Je suis absolument ravie de l'avoir envoyée foutre. D'après une lettre très aimable que tu as envoyée à Goodyear, tu l'as invitée à être ton assistante à San Francisco. J'imagine que tout est déjà réglé. Pourvu qu'elle ait le temps de s'initier à l'art de la fresque pendant ses moments de loisir, entre les balades à cheval du matin et son "sport" favori : le dressage des vieux libidineux. Quant à Mme Goddard, remercie-la encore et encore pour sa coopération si opportune et magnifique… ».

La passion jalouse de Frida Kahlo est tenace : sept ans plus tard, alors que depuis longtemps elle s'est remariée avec Diego Rivera, elle exécutera un portrait en pied d'Irene Bohus dont les bras sont des bites en érection. Entre ses jambes, si poilues que des feuilles y poussent, son sexe est énorme et de la vulve ouverte, surmontée d'une tête de diable, coule une fontaine. Le dessin au crayon est daté de 1947. Cette année-là, Antonin Artaud, depuis dix ans retour du Mexique, fait paraître *Van Gogh le suicidé de la société*, et Malcolm Lowry *Under the Volcano*.

Parce que, en ce printemps de quarante, la troisième version du Volcan est refusée. Margerie rentre de la Poste, descend de l'autobus et pose le paquet sur la table en bois de la cabane. Peut-être a-t-elle acheté un journal, dans lequel un entrefilet mentionne l'attentat contre Trotsky. Lowry reprend le manuscrit sans imaginer qu'il lui faudra sept ans de labeur et de ratures encore. Maintenant c'est la bataille d'Angleterre et les bombardements de Londres et de Liverpool. Le Blitz. Lowry craint d'être mobilisé et de partir pour le front de la Deuxième Guerre mondiale comme Cravan craignait d'être envoyé sur le front de la Première. L'exportation des livres sterling est interdite et les mandats du père ne parviennent plus au Canada. C'est l'été. Lowry et Margerie canotent sur les eaux lisses du Burrard Inlet, pique-niquent dans la forêt. « La mer était bleue et froide. Ils s'y baigneraient tous les jours. Et tous les jours ils remonteraient par une échelle sur la jetée avant de revenir en courant vers la cabane… » Leurs amis pêcheurs parfois leur offrent des crabes. Un jour on apprend la mort du père qui ne lira jamais le Volcan.

Lowry s'avance sur la jetée, plonge, et nage jusqu'à l'épuisement vers le large. Margerie s'inquiète de sa disparition. Arthur Lowry, champion de culturisme et de natation, médaille d'argent du sauveteur, ne peut plus rien pour Malcolm. Ils ne se sont pas vus depuis six ou sept ans. Arthur Lowry attendait-il en secret le succès de Malcolm et la revanche sur son frère Wilfrid qui lui ressemble trop, le héros des coutumes anglaises du sport et de la finance, sélectionné dans sa jeunesse au sein de l'équipe nationale de rugby pour affronter la France à Twickenham ? Malcolm transi et tremblant pousse la porte de la cabane, reprend sans un mot le manuscrit du Volcan. Il ne pourra plus tuer le père déjà mort. À trente ans passés, il jouit des droits légaux d'un mineur que la mort de son père vient d'émanciper.

Puis c'est un nouvel automne et la fraîcheur poignante de l'air pur, les marches dans la forêt et les travaux de menuiserie, la jetée à consolider, le toit qu'il faut goudronner, la barque à calfater, le bûcher à dresser le plus serré. Parfois descendre dégager un bois flotté que la marée a coincé entre les pilotis. Puis c'est un nouvel hiver et la neige isole leur petit royaume. « Ils ne verraient jamais personne à l'exception de deux ou trois pêcheurs, dont ils regarderaient tanguer les barques blanches à l'ancre dans la baie. » Seul le vieil ami Dylan Thomas, le poète dont la désintégration alcoolique sera digne du Consul, les invite un soir, de passage à Vancouver.

De versions en versions, d'années en années, le Volcan cannibale avale toute la vie de Lowry et de Margerie et aussi tout le fracas du monde. Les échos de la guerre mondiale et les horreurs de l'Histoire. Tout cela depuis la grande bouche descend au long de la cheminée basaltique pour être digéré dans l'infernale chaudière. La guerre d'Espagne et les communiqués de la Confédération des travailleurs mexicains anti-trotskystes, et les affiches des matches de boxe des successeurs de Cravan. Les rêves révolutionnaires et les foutaises de la politique dont ricane le Consul, en son ivresse mezcalienne d'avocat du Diable : « Et puis ça a été le tour du pauvre petit Monténégro sans défense. De la pauvre petite Serbie sans défense. Ou bien, si l'on remonte un peu en arrière, du temps de ton cher Shelley, de la pauvre petite Grèce sans défense… » À mesure qu'il apprend la mort de ses amis, leur souvenir entre dans le Volcan comme au Panthéon. John Sommerfield, « communiste grand amateur de rosé d'Anjou », qui avait publié *Volunteer in Spain* au retour de ses combats dans les Brigades internationales. James Travers, mort carbonisé dans le désert au fond d'un char d'assaut britannique pendant la bataille d'El-Alamein. Nordahl Grieg, le poète icarien carbonisé dans le ciel de Potsdam.

Nous quittons la plage de Dollarton où depuis longtemps les cabanes des squatters ont disparu, empruntons le sentier sous la forêt où gonflent les bourgeons. Un peu de neige brille au soleil. Sherrill Grace m'accompagne vers l'université de Colombie-Britannique où ont été préparés les documents que je souhaite consulter. « Yvonne examinait attentivement un document qu'il avait fait valser sur la table jusqu'à elle. C'était un vieux menu de restaurant tout crasseux, tout écorné, qu'on aurait dit avoir été ramassé par terre ou bien avoir passé sa vie au fond d'une poche, et qui faisait l'objet réitéré de sa lecture alcooliquement appliquée. »

Et ce vieux menu dactylographié tout crasseux du restaurant de l'hôtel Francia de Oaxaca qui apparaît dans le Volcan, roman que j'étais allé lire dans le patio de cet hôtel Francia de Oaxaca, le voilà des dizaines d'années plus tard à des milliers de kilomètres. Le vertige est comparable à celui des dernières adresses. Un archiviste en gants blancs l'a remonté de la cave à hydrométrie constante par l'ascenseur sur un chariot nickelé comme un cadavre pour l'autopsie. Il l'a religieusement déposé ainsi que d'autres documents sur la table de bois ciré de la bibliothèque, des feuillets comme extraits de l'enfer et un peu brûlés par les braises de l'Hadès. Des croquis, des gribouillis et des amorces de phrases au stylo. « Aubes dont la froide beauté de jonquille se retrouve dans la mort. » On voit des jonquilles dans le Volcan comme on voit des jonquilles dans tous les romans de Lowry, et le mot daffodils est aussi beau que le français. Des images aussi qu'on dirait de Trotsky ou de Tolstoï mais qui sont de Lowry, et chantent « le printemps qu'accompagne la musique de la neige fondante, le printemps sur la steppe russe ».

Sans dieu ni Gérard de Nerval ni Van Gogh ne seraient morts.
Je dis : ils ne seraient pas salement morts comme ils sont morts ; mais si vieux qu'ils fussent ils seraient encore en vie et dans la vie ; parce que c'est dieu l'éternel esprit de la conscience petite-bourgeoise de l'homme qui n'a pas voulu de la poésie, leur poésie, et qui a allumé sous le cœur de Van Gogh et de Gérard de Nerval l'esprit de démence voulu…

Antonin Artaud, Lettre à Maurice Nadeau

vers chez les Tarahumaras

Un autre qui a survécu au Mexique, dont les os n'ont pas coulé au fond de l'océan ni blanchi dans le désert, c'est Artaud le Mômo.

Le 31 octobre 1936, la veille du Jour des Morts, et de la première arrivée de Malcolm Lowry au Mexique, Antonin Artaud embarque dans le port de Veracruz à bord du paquebot français *Mexique* à destination de Saint-Nazaire. Et ce dieu de la conscience petite-bourgeoise qui selon Artaud n'aime pas les poètes, et les rend fous, a manigancé ce curieux passage de relais, comme s'il n'y avait place pour ces deux-là sur le même sol : en vingt-quatre heures, Artaud s'éloigne de la côte atlantique et Lowry débarque du paquebot *Pensylvania* dans le port d'Acapulco sur la côte pacifique.

Le poète guatémaltèque exilé Luis Cardoza y Aragón, l'auteur de *Luna Park*, qui accueille Artaud à Mexico neuf mois plus tôt, le décrit comme un homme de quarante ans maigre et prématurément vieilli, qui assez vite ne sait plus trop ce qu'il est venu foutre au Mexique. On lui demande des conférences. Il cherche à placer des textes dans les journaux. Les cinéphiles avertis se souviennent de sa belle gueule de jeune premier aux yeux allumés dans des films d'Abel Gance ou de Claude Autant-Lara, de Carl Dreyer ou de Fritz Lang. Deux ans plus tôt, alors que Lowry et Trotsky étaient encore à Paris, Artaud y a fait paraître *Héliogabale ou l'Anarchiste couronné*, puis *La Conquête du Mexique*, après qu'Anaïs Nin lui avait fait découvrir *Matinées mexicaines* de D.H. Lawrence, mais à Mexico on voudrait qu'il soit encore un poète surréaliste, et ça l'agace.

Bien sûr, au début il y a cru. Il a même retroussé ses manches, et montré qu'il est capable d'organisation quand il s'agit de préparer la Révolution. Dans la grande singerie surréaliste, Artaud fut le Responsable du Comité de répartition des Travaux, et décidait des lettres qu'il fallait envoyer et qui devait les écrire :

« Lettre à toute la critique : André Breton et Louis Aragon,

Lettre aux médecins chefs des asiles de fous : Robert Desnos et le docteur Fraenkel,

Lettre au ministère de l'Instruction publique : Pierre Naville et Benjamin Péret,

Lettre aux recteurs de toutes les Universités européennes : Michel Leiris et André Masson,

Lettre aux grands Maîtres de toutes les Universités asiatiques et africaines : Paul Éluard et René Crevel,

Lettre à l'Administration générale de la Comédie-Française : Francis Gérard et Mathias Lübeck. »

Mais depuis dix ans, comme Soupault, il a envoyé balader tout ça, et Breton n'a même pas eu le temps de l'exclure. Il a réglé ses comptes avec la petite bande dans *À la grande nuit ou le Bluff surréaliste*, dénoncé « leur activité à eux toute farcie de haine misérable et de velléités sans lendemain ». Breton avait demandé à chaque membre de rejoindre le Parti communiste français. Pour Artaud, « le marxisme est le dernier fruit pourri de la mentalité occidentale ». Et peu importe qu'on lui parle de stalinisme ou de trotskysme. Remplacer la bourgeoisie par le prolétariat ne changerait rien à l'affaire de cette civilisation malade du machinisme et du Progrès. La solution est spirituelle ou métaphysique. « Tout le fond, toutes les exaspérations de notre querelle roulent autour du mot Révolution. »

Dans ses conférences, il va exhorter la révolution mexicaine de Lázaro Cárdenas à se préserver du marxisme comme de la peste, et à mener au contraire une révolution contre le Progrès : « Nous attendons du Mexique, en somme, un nouveau concept de la Révolution et aussi un nouveau concept de l'Homme », un retour à la Terre Rouge et à la Culture Rouge. Artaud a compulsé le *Popol-Vuh* et les codex, il cherche la culture solaire et le réveil de l'Oiseau-Tonnerre.

« La culture rationaliste de l'Europe a fait faillite et je suis venu sur la terre du Mexique chercher les bases d'une culture magique qui peut encore jaillir des forces du sol indien. » Il ne veut aller ni à Cuernavaca ni à Oaxaca ni à Guadalajara, ces villes où sont déjà tant de métis et de gringos. La peinture de Diego Rivera est pour lui trop européenne, trop française, dénaturée et contaminée par Montparnasse. Il faudrait aller plus loin, plus haut sur l'altiplano, plus profondément creuser le vieux sol rouge indien. Il est déçu et en colère. « Je suis venu au Mexique pour fuir la civilisation européenne, issue de sept ou huit siècles de culture bourgeoise, et par haine de cette civilisation et de cette culture. J'espérais trouver ici une forme vitale de culture et je n'ai plus trouvé que le cadavre de la culture de l'Europe, dont l'Europe commence déjà à se débarrasser. »

Il faudrait fuir, loin de Mexico. Une fois données les conférences à l'Université et à l'Alliance française, il tourne en rond, passe ses journées dans les cafés à écrire ses *Messages révolutionnaires* et à chercher de l'opium. Désargenté, et sans le recours possible à la boxe pour se renflouer, il est hébergé à droite et à gauche, loue un temps une piaule dans un bordel vers la place Garibaldi, rencontre marlous et dealers et se fait gruger. Artaud ne consomme ni marijuana ni mezcal et l'héroïne ne court pas les rues, qu'il cherche en vain dans la colonia Buenos Aires. Selon le témoignage d'un médecin, Elías Nandino, son ami José Ferrel, toxicomane et traducteur d'André Gide, lui amène un jour Artaud en manque « tout vêtu de noir et le regard clair et figé ». Il lui remet un flacon de laudanum qu'Artaud vide cul sec et jette sur le sol. « Il ne lui est rien arrivé de mal. Au contraire il s'est mis à discuter avec beaucoup d'euphorie. Ce qui prouve qu'il était habitué déjà à de grandes quantités d'opium. »

Son vain combat contre la prohibition ne date pas d'hier. Artaud a envoyé des courriers à l'Administration française. « Monsieur le Législateur de la loi de 1916, agrémentée du décret de juillet 1917 sur les stupéfiants, tu es un con. Ta loi ne sert qu'à embêter la pharmacie mondiale sans profit pour l'étiage toxicomanique de la nation. » Sa croisade fut sans résultat. « Je m'opiomane comme je suis moi sans guérir de moi. » Tout ça c'est la faute de « la foutue branleuse vie ». Le peyotl pourrait du même coup apaiser ses nerfs et sauver la civilisation de l'Europe. La déraison magique du peyotl pourrait l'aider à lutter contre les « tartuffes de l'infamie bourgeoise », ceux qui « ont eu à la longue » les meilleurs, et il égrène à nouveau sa constellation de Villon, Edgar Poe, Baudelaire, Gérard de Nerval, Van Gogh, Nietzsche, Arthur Rimbaud, Lautréamont, et parfois y ajoute Lénine, Kierkegaard, Hölderlin et Coleridge, tous ceux-là que le dieu de la conscience petite-bourgeoise a décidé de rendre fous et d'éliminer.

C'est grâce à José Gorostiza, le futur auteur du grand poème *Mort sans fin*, que le projet d'Artaud obtient le soutien du secrétariat de l'Éducation. Il quitte enfin Mexico pour Chihuahua tout au nord. Un instituteur d'une école rurale l'accompagne à cheval à travers la sierra tarahumara jusqu'au village de Norogachi. Artaud porte un pantalon de flanelle noir et une paire de chaussures que lui a donnée Luis Cardoza y Aragón. « Parvenu au pied de la montagne j'ai jeté dans un torrent ma dernière dose d'héroïne et je suis remonté à cheval. Après six jours mon corps déjà n'était plus de chair mais d'os. » On aimerait avoir le témoignage des Indiens tarahumaras qui virent arriver ce squelette halluciné en pantalon de flanelle, suant et tremblant. Dans les récits légendaires de ces coureurs réputés, capables comme leurs cousins les Apaches au pied léger de couvrir des dizaines de kilomètres d'affilée dans la rocaille et de traverser les canyons comme des ruisseaux, dans ces récits légendaires, voit-on depuis tituber un dieu maigre vêtu de noir et chaussé de cuir ?

Les différents récits que donnera de son côté Artaud ne sont pas moins légendaires. Qu'on ne compte pas sur lui pour du reportage. Lui qui a déjà publié un faux récit de voyage aux Galápagos présentera son expédition « au Mexique chez les Indiens tarahumaras et où il m'a fallu 28 jours de bataille à 6 000 mètres pour arriver à approcher personnellement des préparateurs et manipulateurs du peyotl ».

Ce qu'il est venu chercher et que les Indiens ignorent c'est le rejet de tout, du surréalisme, de la science, de la politique, de la raison, de la littérature. Peut-être en trois mots, grâce à l'instituteur, le dieu maigre vêtu de noir déverse-t-il sa haine de la civilisation européenne, sa haine de la psychiatrie et de la médecine en général et de ses progrès. « Quand Pasteur nous dit qu'il n'y a pas de germination spontanée et que la vie ne peut pas naître dans le vide, nous pensons que Pasteur s'est trompé sur l'idée réelle du vide… »

Pour lui la Peste, la Cruauté, le Choléra doivent demeurer des intuitions poétiques qui ne concernent en rien la science, « en 1880 et quelques, un docteur français du nom de Yersin, qui travaille sur des cadavres d'Indo-Chinois morts de la peste, isole un de ces têtards au crâne arrondi, et à la queue courte, qu'on ne décèle qu'au microscope, et il appelle cela le microbe de la peste. Ce n'est là à mes yeux qu'un élément matériel plus petit, infiniment plus petit, qui apparaît à un moment quelconque du développement du virus, mais cela ne m'explique en rien la peste ». Pour celui qui écrira plus tard *Le Choléra de Dieu*, par contre, « la médecine des Chinois, médecine archimillénaire, a su guérir le choléra par des moyens archimillénaires, alors que contre le choléra la médecine de l'Europe ne connaît encore que les moyens barbares de la fuite ou de la crémation ». Le dieu maigre vêtu de noir est agité, lève les bras au ciel, maudit toutes ces foutaises de la science et de la littérature : « Toute l'écriture est de la cochonnerie. Les gens qui sortent du vague pour essayer de préciser quoi que ce soit de ce qui se passe dans leur pensée sont des cochons. »

Les Indiens sont perplexes et l'interprète embarrassé mais souvent les dieux courroucés sont ainsi. On est assis par terre sur l'altiplano dans la chaleur et sous le ciel d'un bleu terrible et sans nuages. On entame la Danse du peyotl et pour Artaud le peyotl est tout autre chose qu'un petit cactus sans épines. Il faut manger le peyotl et danser pour avaler la Culture Rouge et s'en imbiber pour sauver l'Europe malade. Comme Lowry il n'est pas lui mais le vent qui souffle à travers lui. « À un moment quelque chose comme un vent se leva et les espaces reculèrent. Du côté où était ma rate un vide immense se creusa qui se peignit en gris et rose comme la rive de la mer. »

Avec le peyotl, « L'HOMME est seul et raclant désespérément la musique de son squelette ». Le peyotl fait entrer dans la conscience ses phosphorescences et ses poudroiements. Et cette brûlure, Artaud la prend sur lui parce qu'il est un artiste et doit régénérer la civilisation de l'Europe. « C'est comme le squelette du devant qui revient, m'ont dit les Tarahumaras, du RITE SOMBRE, LA NUIT QUI MARCHE SUR LA NUIT. » L'artiste doit se sacrifier pour sauver le monde, il est le titre du poème de Lowry *Le phare appelle à lui la tempête*, et pour Artaud « l'artiste qui ignore qu'il est un *bouc émissaire*, que son devoir est d'aimanter, d'attirer, de faire tomber sur ses épaules les colères errantes de l'époque pour la décharger de son mal-être psychologique, celui-là n'est pas un artiste ». Artaud est le paratonnerre qui doit dévier vers lui la foudre, le Grand Fusible qui va fondre.

à Guadalajara

> *Je buvais pour noyer ma peine, mais cette garce a appris à nager.*
>
> FRIDA KAHLO

Un an et demi après le retour d'Artaud en Europe, au moment où Lowry à son tour quitte le Mexique, voilà Breton qui débarque. Un vrai moulin.

André Breton a sollicité le soutien de ses amis du Quai d'Orsay, Jean Giraudoux et Alexis Leger, lesquels ont télégraphié à Mexico, et le 18 avril 1938, de mauvaise grâce, l'ambassadeur de France et historien Henri Goiran fait le voyage jusqu'à Veracruz pour aller l'accueillir. Il en a un peu sa claque, des poètes, Goiran. C'est lui déjà qui s'était coltiné Artaud. En cette période de troubles qui suit la nationalisation des pétroles de Tampico par Lázaro Cárdenas, alors que le général Cedillo se soulève avec sa garnison à San Luis Potosí, alors que depuis un mois c'est l'Anschluss, et que les armées hitlériennes sont à Vienne, alors que la conflagration se rapproche et que le colonel de Gaulle réclame à grands cris des chars d'assaut, il ne lui semble pas que la mission première de la diplomatie française soit d'exporter le surréalisme. Le contact est cordial, mais aucun crédit ne lui permettra de prendre en charge le poète, pas même son hébergement. Breton est accompagné de sa femme Jacqueline. Ils hésitent à rembarquer aussitôt, préviennent Diego Rivera.

C'est aussi l'avantage immobilier d'avoir tant d'anciennes épouses et de maîtresses : Trotsky et Natalia sont encore dans la maison bleue de Coyoacán, Rivera va loger les Breton chez Lupe Marín, et plus tard dans sa maison-atelier à San Ángel, calle Altavista. Un an après le contre-procès de Moscou à Mexico, et le rapport de la commission Dewey, Trotsky est toujours vivant, sur ses gardes bien sûr, mais le temps passant ça ressemble presque à la vie, des journées emplies des petits plaisirs simples du jardinage et de la politique, il vient de fonder la Quatrième Internationale.

Il sait que le Parti communiste français aux mains des staliniens a exclu André Breton. À l'annonce de son voyage, les dirigeants du PCF ont envoyé une lettre secrète aux dirigeants du PCM, courrier que Diego Rivera parvient à se procurer, et divulgue dans le journal *Novedades*, accompagné de la dénonciation de l'hydre ennemie de la liberté : STALINHITLERMUSSOLINI-ELPAPA-DIOS. Les staliniens voudront sans doute saboter les interventions publiques de Breton, et Trotsky demande au beau Van de mettre en place un service d'ordre, lequel sera confié aux ouvriers trotskystes d'un syndicat du bâtiment. Van connaît déjà Breton. Deux ans plus tôt, alors que Trotsky était encore en Norvège, Van est allé à Paris pour traduire du russe vers le français *Le Livre rouge* de Lev Sedov, le fils de Trotsky. Il avait alors rassemblé une commission autour du premier procès de Moscou, le procès des

Seize, commission à laquelle avaient participé l'avocat Gérard Rosenthal, Alfred et Marguerite Rosmer, Victor Serge et André Breton. Depuis Mexico, Van tient informé de la situation Pierre Naville, devenu à Paris l'un des dirigeants de la Quatrième Internationale.

Voilà Breton au « pays de la beauté convulsive » dont il ne sait pas grand-chose. Il a reproduit des œuvres de Posada dans la revue *Minotaure*, il a lu *Au pays des Tarahumaras* paru l'été dernier dans la NRF sans nom d'auteur. Il imagine bien qu'Artaud lui a un peu coupé l'herbe sous le pied, a joliment dézingué le mouvement surréaliste, mais les textes publiés ici dans les journaux ne paraîtront que bien plus tard en France, sous le titre de *Messages révolutionnaires*. En vérité, Artaud lui a déjà gravement savonné la planche : « Je ne suis pas venu ici porter un message surréaliste : je suis venu dire que le surréalisme était passé de mode en France. » La plupart des conférences prévues sont annulées pour cause de grèves et de troubles à l'Université. Dans la presse, Breton est attaqué par les staliniens orthodoxes mais aussi par des intellectuels indépendants dont les critiques ne sont pas moins acerbes, comme le philosophe Adolfo Menéndez Samará, et encore par le poète Arqueles Vela, de la petite bande des Estridentistas, et José Gorostiza, de la petite bande des Contemporáneos, celui qui avait aidé Artaud dans ses projets indianistes.

Bien que mêlés à toutes ces polémiques, les trois couples Breton, Trotsky et Rivera vont souvent quitter Mexico dans les mois qui suivent et se livrer au tourisme. Ils descendront dans les meilleurs hôtels. Breton n'est pas du genre à aller dormir par terre chez les Indiens.

C'est une époque où Diego et Frida vivent à nouveau ensemble, même si les choses ne tournent pas très rond. Frida toujours au bord de l'hospitalisation picole pas mal et se confie à son amie Ella Wolfe : « Il fait du gringue à toutes les jolies jeunes filles et parfois... il se fait la belle avec des dames qui passent à l'improviste, sous prétexte de leur "montrer" ses fresques, il les emmène un jour ou deux... voir d'autres paysages... » Elle essaie d'en prendre son parti et de profiter du peu que Diego lui concède de son intimité, des détails de leur vie quotidienne. « Il continue à porter ses gros godillots de mineur (ça fait trois ans qu'il porte toujours les mêmes). Il est hors de lui quand il perd ses clefs de voiture, qui généralement réapparaissent dans sa poche, il ne fait pas le moindre exercice, ne s'expose jamais au soleil, il écrit des articles qui, en général, déclenchent un foin de tous les diables, il défend bec et ongles la Quatrième Internationale et il est enchanté que Trotsky soit ici. »

Breton tout de même fait quelques apparitions publiques, assiste à la première mexicaine d'*Un chien andalou* de Luis Buñuel et Salvador Dalí et présente le film. Assez vite, cependant, sur l'injonction de Trotsky, son activité principale devient la rédaction d'un « Manifeste pour un art révolutionnaire indépendant ».

Dès l'arrivée de Breton à Mexico, Trotsky a envoyé un article à New York pour parution dans *Partisan Review* : « Comme vous devez déjà le savoir, en matière artistique et politique, il est non seulement étranger au stalinisme mais il est son adversaire. Il fait preuve de sincère sympathie pour la Quatrième Internationale. »

Trotsky veut profiter de sa présence pour doter son mouvement d'une grande déclaration artistique et il lui faut un manifeste. Breton est flatté mais la tâche l'effraie. La personnalité de l'ancien chef de l'Armée rouge l'impressionne au point de le rendre muet. Une dizaine de rencontres en tête à tête seront organisées, toujours en français, dont Van donnera le compte rendu.

Tant qu'il s'agit de parler des livres de Gide, de Malraux et de Céline, Breton tient son rang. Dès qu'il s'agit d'écrire, il est tétanisé. Lui qu'on imagine avoir rédigé d'un trait les manifestes du surréalisme, avec superbe, secouant sa chevelure de lion, préparant du fond de son bistrot les futures excommunications, l'index dressé, en vient à balbutier devant Trotsky un curieux hommage à Zola qu'il aurait flingué à Paris. Breton abattu finit par prétexter fièvre et aphasie. Van nous apprend que « c'est peu après que Trotsky commença à presser Breton de lui présenter le projet de manifeste. Breton, le souffle brûlant de Trotsky sur la nuque, se sentait paralysé et ne pouvait écrire ». Trotsky commence à comprendre que sa prise est médiocre, qu'il pensait avoir ferré un espadon et se retrouve devant un colin muet. On décide de partir en voyage à Guadalajara. « Diego Rivera était là-bas, occupé à peindre, et nous devions aller l'y retrouver. Nous voici donc sur la route de Guadalajara, dans deux voitures. »

Au volant de la première, le garde du corps Joe Hansen, qui ne sait ni le français ni l'espagnol, à son côté Breton et derrière eux Trotsky et Natalia. Dans la seconde, auprès de l'autre chauffeur et garde du corps est assis le beau Van, et derrière lui Frida et Jacqueline.

Joe Hansen se gare sur le bas-côté, ouvre sa portière et vient s'adresser à Van :

– The old man wants you.

Ils rejoignent le premier véhicule, croisent Breton qui d'un geste des mains montre son étonnement, et va s'asseoir près de l'autre chauffeur.

Tous descendent à l'hôtel Imperial mais les deux groupes ne se voient plus pendant tout le séjour. D'un côté les couples Breton et Rivera, et de l'autre Trotsky et Natalia et leurs gardes du corps, et parfois ils se croisent dans les rues de la cité tapatía. Et l'on peut, parcourant ces mêmes rues quelques dizaines d'années plus tard, imaginer leurs fantômes au Palais du gouverneur devant la fresque d'El Circo político, au marché couvert où l'on sert des lèvres de bœuf et qui ressemble curieusement à celui de Papeete. Cueillent-ils des fruits aux branches des orangers publics ? Poussent-ils jusqu'à Tlaquepaque où la mort mexicaine et les bondieuseries dont Breton est friand sont offertes à la vente, les statuettes de jeunes mariés en squelettes habillés de robes blanches et de costumes noirs, *memento mori* comme si on allait l'oublier ? Entrent-ils dans le sanctuaire dédié à Nuestra Señora de la Soledad, devant lequel, sur une charrette, sont empilés des sacs en plastique rose emplis d'herbes propitiatoires ? Le muraliste José Clemente Orozco envoie l'un de ses assistants à l'hôtel Imperial, et invite Trotsky à venir voir son travail.

Les deux hommes discuteront en anglais. Van raconte que « la conversation fut agréable, mais elle n'eut rien de l'entrain et de la chaleur qu'avaient d'ordinaire les entretiens entre Trotsky et Rivera. En sortant, Trotsky nous dit, à Natalia et à moi :

– C'est un Dostoïevski ! »

Comme à l'accoutumée, dès qu'il s'éloigne de Coyoacán, Trotsky est harcelé et insulté dans les quotidiens que manipulent le Parti et la Confederación de Trabajadores de México, ainsi dans *El Nacional* : « Trotsky, Rivera et leurs invités développent des activités identiques dans la cité tapatía sans rencontrer l'assentiment des classes prolétaires organisées. » Pourtant Trotsky ne se livre à aucun prosélytisme, parfois hausse les épaules et parfois répond à d'autres journalistes qu'il ne lui est pas interdit de visiter le pays, et que son visa est en règle. « Nous reprîmes le chemin de Mexico sans que Trotsky revît Breton. C'était le retard persistant de Breton à présenter le projet de manifeste qui, sur la route de Guadalajara, avait provoqué la colère de Trotsky. »

Dans les semaines qui suivent, Breton aggrave encore son cas. Un jour qu'il visite en compagnie de Trotsky une église à Cholula, il arrache du mur cinq ou six de ces ex-voto populaires, peints sur des petites plaques de fer découpées dans les bidons d'huile, et les glisse sous sa veste. Trotsky, furieux, garde son calme et sort de l'église à grandes enjambées. Cette fois ce sont les journaux catholiques qui s'en seraient donnés à cœur joie, et auraient lancé une campagne pour l'annulation de son visa et l'expulsion du profanateur. Finalement, début juillet, la petite bande s'installe quelques jours à Pátzcuaro, dans l'État du Michoacán. Ils choisissent une grande bâtisse coloniale d'une dizaine de chambres en bordure du lac. Après le repas, Jacqueline et Frida sortent fumer au bord de l'eau pour éviter les remarques de Trotsky, l'ancien fumeur qui ne supporte plus l'odeur du tabac. Jacqueline se souvient que toutes les deux se comportaient comme des collégiennes. « Nous aimions beaucoup Trotsky, mais il exagérait tout et était très vieux jeu. » Trotsky resté seul avec Breton est un génie surplombant, et aussi un monstre froid et calculateur, un pêcheur qui ne lâchera pas sa proie :

– Vous avez quelque chose à me montrer ?

Devant lui, le petit tyran du surréalisme, le tribun ironique et mordant est un écolier pris en faute. Breton a déjà connu une situation semblable au début des années vingt, lorsqu'il était allé rencontrer Freud à Vienne, la peur de déplaire et de ne pas être à la hauteur qui le paralyse. Il va pourtant chercher dans sa chambre quelques feuillets raturés à l'encre verte. Trotsky voit bien qu'il lui faudra finir le travail avec Van : « Après de nouvelles conversations, Trotsky prit l'ensemble des textes, les découpa, ajouta quelques mots ici et là et colla le tout en un rouleau assez long. Je tapai le texte final en français, traduisant le russe de Trotsky et respectant la prose de Breton. »

Dans le document original des archives de Harvard, les apports de chacun sont visibles. Les citations de Marx, vérités toujours bonnes à rappeler, même si elles sont sues de tous les poètes, sont apportées par Trotsky : « L'écrivain doit naturellement gagner de l'argent pour pouvoir vivre et écrire, mais il ne doit en aucun cas vivre et écrire pour gagner de l'argent… L'écrivain ne considère aucunement ses travaux comme un *moyen*. Ils sont des *buts en soi*, ils sont si peu un moyen pour lui-même et pour les autres qu'il sacrifie au besoin son existence à leur existence… »

Dès lors Breton, pris d'ivresse politique et embarqué dans son élan, croyant bien faire, en rajoute : « À ceux qui nous presseraient, que ce soit pour aujourd'hui ou pour demain, de consentir à ce que l'art soit soumis à une discipline que nous tenons pour radicalement incompatible avec ses moyens, nous opposons un refus sans appel et notre volonté délibérée de nous en tenir à la formule : toute licence en art, sauf contre la révolution prolétarienne ».

C'est Trotsky qui corrige, hausse les épaules, garde la tête froide, voit bien ce que le procureur d'un tribunal révolutionnaire pourrait faire de cette formule restrictive. Il biffe, coupe la phrase : « Toute licence en art ». Point final.

Le 25 juillet 1938, qui est en Catalogne le premier jour de la bataille de l'Èbre, mais à Mexico on l'ignore encore, le Manifeste sera signé d'André Breton et de Diego Rivera, et le nom de Trotsky ne paraîtra pas. Il est l'acte de fondation de la Fiari, la Fédération internationale de l'art révolutionnaire indépendant, laquelle au cours de sa brève existence rassemblera quelques dizaines de membres. À bord du paquebot qui le ramène en Europe, Breton retrouve ses esprits et écrit à Trotsky : « Cette inhibition était due avant tout, j'aimerais que vous en soyez convaincu, à l'admiration sans limites que vous m'inspirez. »

Breton transporte avec lui dans ses bagages tout le fourbi qu'il s'est procuré au Mexique ainsi qu'une idée derrière la tête. Il a proposé à Frida Kahlo d'organiser à Paris une première exposition de ses tableaux.

Lorsqu'elle arrive en France six mois plus tard, pourtant, rien n'est prêt. Les œuvres expédiées depuis longtemps n'ont toujours pas été dédouanées, et des photographies ont été égarées. Frida constate que Breton n'a pas encore trouvé de galerie, puis, lorsqu'il en trouve une, elle apprend que seules deux de ses toiles seront exposées, et que Breton au passage souhaite fourguer toutes les pouilleries trouvées aux puces ou chez les antiquaires de Cuernavaca ou de Guadalajara, et peut-être aussi les ex-voto dérobés à Cholula, deux tableaux d'Estrada et quelques saloperies plus ou moins précolombiennes. Elle entre dans une fureur qui ne la quittera pas de son séjour, et écrit à son amant d'alors, le photographe new-yorkais Nickolas Muray : « Je préférerais m'asseoir par terre pour vendre des tortillas au marché de Toluca plutôt que de devoir m'associer à ces putains "d'artistes parisiens". Ils passent des heures à réchauffer leurs précieuses fesses aux tables des "cafés", parlent sans discontinuer de la "culture", de "l'art", de la "révolution" et ainsi de suite, en se prenant pour les dieux du monde, en rêvant de choses plus absurdes les unes que les autres et en infectant l'atmosphère avec des théories et encore des théories qui ne deviennent jamais réalité. »

Pas davantage qu'Artaud, Breton n'aura besoin d'exclure Frida. Sa rencontre avec ce qui reste de la petite bande des surréalistes est une catastrophe. « Le lendemain matin ils n'ont rien à manger à la maison vu que *pas un seul d'entre eux ne travaille*. Ils vivent comme des parasites aux crochets d'un tas de vieilles peaux pleines aux as qui admirent le "génie" de ces "artistes". De la *merde*, rien que de la *merde*, voilà ce qu'ils sont. Je ne vous ai jamais vus, ni Diego ni toi, gaspiller votre temps en commérages idiots et en discussions "intellectuelles", voilà pourquoi vous êtes des *hommes*, des vrais, et pas des “artistes” à la noix. Bordel ! Ça valait le coup de venir, rien que pour voir pourquoi l’Europe est en train de pourrir sur pied et pourquoi ces gens – ces bons à rien – sont la cause de tous les Hitler et Mussolini. »

Frida tombe malade, et son dossier médical est si lourd qu’il est préférable de l’hospitaliser pour lui faire subir des examens. Elle est admise à l’Hôpital américain, et c’est encore Breton qui en prend pour son grade. « C’est chez Breton que j’ai attrapé ces saloperies de colibacilles, j’en mets ma main au feu. Tu n’as pas idée de la *saleté* dans laquelle ces gens vivent, et le genre de nourriture qu’ils avalent. C’est à peine croyable. Je n’avais jamais rien vu de tel dans toute ma foutue vie. » À Mexico, c’est la colère de Rivera qui éclate lorsqu’il apprend que Breton vient de taper Frida de deux cents dollars à sa sortie de l’hôpital. Frida pense avancer la date de son embarquement sur l’*Île-de-France* et quitter Paris avant l’exposition. Seul Marcel Duchamp, qui avait été l’ami de Cravan et de Mina Loy vingt ans plus tôt à New York, trouve grâce à ses yeux, et lui procure le réconfort nécessaire, « le seul qui ait les pieds sur terre parmi ce tas de fils de pute lunatiques et tarés que sont les surréalistes ». Finalement le vernissage est pour elle une victoire. Ses œuvres sont reconnues par Joan Miró, Kandinsky, Picasso et Tanguy. Avant son départ, elle envoie une lettre à son amie Ella Wolfe : « Un ragot : Diego s’est disputé avec la IV et il a sérieusement envoyé paître “barbichette” Trotsky. Je vous raconterai les dessous de l’affaire. Diego a entièrement raison. »

À son retour au Mexique, comme elle le redoutait, tout se déglingue avec Diego Rivera et c'est la rupture. Elle l'écrit à son amant new-yorkais : « Nick, mon chéri, je n'ai pas pu t'écrire avant. Depuis que tu es parti c'est allé de mal en pis avec Diego, et maintenant tout est fini. Il y a deux semaines nous avons entamé les démarches du divorce. J'aime Diego et tu comprendras que ce chagrin ne disparaîtra pas de mon vivant. »

Malc & Marge

Dans ce qu'on appelle la réalité, et à Mexico, le Jour des Morts de 1938, le beau Van nous apprend que « Diego Rivera arriva à la maison de Coyoacán. Gouailleur comme un rapin qui aurait fait une mauvaise farce, il apportait à Trotsky un grand crâne de sucre violet, sur le front duquel était écrit, en sucre blanc : *Stalin* ». Trotsky goûte peu l'humour mexicain de la Catrina. « Trotsky ne dit rien, il fit comme si l'objet n'était pas là. Dès que Rivera fut parti, il me demanda de détruire l'objet. »

Dans ce qu'on appelle la fiction, et à Quauhnahuac, le Jour des Morts de 1938, le Consul qui a passé la nuit accoudé au bar de l'hôtel voit apparaître à contre-jour la silhouette floue d'Yvonne dans la lumière de l'aube. Ils mourront tous les deux le soir même. Un an plus tard, le Jour des Morts de 1939, alors que Trotsky est toujours dans sa maison de Coyoacán, son nom apparaît dans l'esprit de Jacques Laruelle, lequel imagine tourner en France une adaptation moderne du mythe de Faust, dont Trotsky serait le personnage principal.

Dix ans après le miracle de Cuernavaca, puis la terrible nuit de Oaxaca, puis les années de réclusion dans la cabane au Canada, la publication de *Under the Volcano* en 1947 est un succès. Le roman grimpe dans les listes des meilleures ventes aux États-Unis. Lowry atteint à la gloire littéraire de ses héros Conrad et Kipling et de jeunes poètes comme Gary Snyder ou Jack Kerouac le découvrent. Allen Ginsberg lui écrit son admiration. Maintenant, il va bien falloir payer le prix du pacte.

Dix ans après son retour du Mexique, Artaud fait paraître cette année-là de 1947 *Van Gogh le suicidé de la société*, dont la dernière image est un hommage au volcan Popocatépetl. Pour ces deux-là qui se sont succédé en vingt-quatre heures sur le sol mexicain, c'est à la fois la résurrection et l'explosion en vol, le dernier feu d'artifice. Artaud sort de Rodez et des longues années de la nuit asilaire, des multiples séances d'électrochocs dont certaines si violentes qu'elles lui ont fracturé des vertèbres. C'est la belle revanche d'Artaud le Mômo, qui au milieu du livre dénonce Jacques Lacan. Des années plus tôt, le psychanalyste avait réglé son cas d'un trait de plume dans son dossier, au fond de son bureau de l'hôpital psychiatrique Sainte-Anne à Paris, et l'avait déclaré « définitivement fixé, perdu pour la littérature ».

C'est l'éloge du génie à travers lequel souffle le vent et que hait le dieu de la conscience petite-bourgeoise et avec ça il obtient son premier prix littéraire. « C'est ainsi qu'une société tarée a inventé la psychiatrie pour se défendre des investigations de certaines lucidités supérieures dont les facultés de divination la gênaient. » Il venge d'un coup toute sa petite bande et la réunit en un bouquet flamboyant qu'il appelle Van Gogh. « On peut parler de la bonne santé mentale de Van Gogh qui, dans toute sa vie, ne s'est fait cuire qu'une main et n'a pas fait plus, pour le reste, que de se trancher une fois l'oreille gauche… » C'est Van Gogh mais ça pourrait s'appeler Poe ou Nerval ou Baudelaire ou Wilde ou Lowry. « Nul n'a jamais écrit ou peint, sculpté, modelé, construit, inventé, que pour sortir en fait de l'enfer. » Il faut bien à cela aussi quelque adjuvant, quelque soutien à cet effort gigantesque. « J'ai besoin de trouver une certaine quantité journalière d'opium, il me la faut parce que j'ai le corps blessé dans les nerfs des moelles. » Il mourra de ça, ou d'autre chose, d'un cancer de l'anus, un an plus tard. Lowry, lui, ça mettra dix ans.

On dit qu'elles se ressemblaient un peu, Jan et Margerie. Deux papillons autour de la lampe. Toutes deux voulaient être écrivains. Margerie avait écrit des petits polars avant de rencontrer Lowry. Le génie n'est pas contagieux, seule la folie. Si Jan s'est sauvée dans tous les sens du terme, Margerie s'épuise à la tâche impossible de veiller sur le génie en fuite dans tous les sens du terme. Se fuir soi-même est toujours plus difficile que de semer des poursuivants. Tous deux sombrent dans l'alcool et s'engueulent. Après le désastreux retour au Mexique, elle décide qu'il leur faut abandonner la cabane sur la plage de Dollarton. Elle le traîne. Le couple quitte Vancouver, monte dans les avions, descend des trains, emprunte le canal de Panamá à bord d'un Liberty Ship breton, le *Brest*, dans le désordre ils se rendent aux chutes du Niagara, séjournent à La Nouvelle-Orléans, visitent Haïti, où Lowry est interné à l'hôpital Notre-Dame de Port-au-Prince et prétend s'initier au vaudou.

C'est le voyage qui ne finit jamais, les hôtels et les motels. Parfois Lowry suit docile. Vol pour Miami avec escale à Cuba. New York, Venise, Gênes, Milan, Rome où Lowry est à nouveau interné, Taormina, la Sicile où ils louent plusieurs mois une maison au bord de la mer. Margerie nourrit à la main Lowry incapable de lever une fourchette. À Cassis, il la menace de mort. Pour la première fois, un psychiatre conseille à Margerie de quitter son mari qui va se tuer ou la tuer. À Paris, on l'interne à l'Hôpital américain. Il faut plusieurs infirmiers pour maîtriser le poète en furie à la puissance de boxeur. Sédatifs et élixir parégorique. Camisole de force et *delirium tremens*.

Pendant quelques mois, Lowry feint de collaborer avec Clarisse Francillon, à qui Maurice Nadeau vient de confier la traduction française du Volcan, et parfois il disparaît dans les bistrots de Paris comme il le faisait quinze ans plus tôt après son mariage avec Jan. Au hasard Nembutal et whisky lorsqu'il en trouve, mais il s'enfile aussi bien l'eau de Cologne dans la salle de bain de Clarisse. Elle et Margerie entament une correspondance qu'elles poursuivront longtemps après la mort de Lowry. Les lettres sont à l'université de Lausanne dans des boîtes en carton. On y lit des recommandations de Lowry pour les petits polars de Margerie qui jamais ne trouvent d'éditeur. Depuis que Lowry la connaît il n'a plus touché la Remington portative. C'est Margerie qui a déchiffré les manuscrits, est intervenue dans la construction du Volcan, a proposé de changer les noms de certains personnages, a imaginé la mort d'Yvonne piétinée par le cheval du pelado. Ils s'aiment et se détestent et ne peuvent se séparer et se haïssent de ne pouvoir se séparer. Margerie pourtant menace de le quitter, exige un testament en sa faveur et le droit moral sur ses œuvres. Le soir, après l'avoir nourri à la main, elle glisse entre ses lèvres des pastilles de somnifère pour qu'enfin le génie lui foute la paix.

La Bretagne, Saint-Malo et Quiberon, puis l'Angleterre. Ça n'est pas fini, ça traîne. C'est l'épuisement, la « folie à deux », selon le diagnostic en français d'un psychiatre londonien. Lowry évite la lobotomie mais subit les électrochocs, le penthotal. Lorsqu'il s'enfuit de l'hôpital Atkinson Morley de Wimbledon, on envoie un policier en faction devant l'adresse de Margerie. C'est le délire hallucinatoire et la paranoïa et de loin en loin la violence créatrice. De loin en loin le réveil. Lowry travaille à plusieurs projets de livres qui tourneraient autour du Volcan, et lui donneraient encore une autre dimension, constitueraient son grand œuvre, *The Voyage that Never Ends* ! Lowry et Margerie reprennent leur collaboration, imaginent revenir au cinéma. Ils ont écrit ensemble le scénario d'une adaptation de *Tender Is the Night* de Fitzgerald. Il faudrait à nouveau se rendre à Hollywood, mais c'est la Guerre froide et Lowry, qui a lu Orwell, craint autant le maccartisme que le stalinisme et ne mettra plus les pieds aux États-Unis.

Il travaille à *La Mordida*, une fresque breughélienne de ses cauchemars mexicains emplis d'infirmes et de mendiants et de flics corrompus. Si Yvonne n'était pas partie, n'avait pas abandonné le Consul, serait-elle devenue cette mégère de Marge ? Il ne peut écrire sans elle et voudrait vivre sans elle. Il s'est laissé ramener contre son gré en Angleterre. Il voit le pays qu'il a fui vingt ans plus tôt comme un vieil arbre célèbre attendant au fond d'un parc sa disparition, la vieille Angleterre de la révolution industrielle, du charbon et de la locomotive. C'est Margerie qui choisit le village de Ripe, et le White Cottage, une demeure du dix-huitième siècle, qui sera la dernière adresse.

Il travaille à *Sombre comme la tombe où repose mon ami*, Juan Fernando le cavalier zapotèque du Banco Ejidal, chargé d'apporter à travers les collines l'argent des paysans dans les villages les plus reculés, abattu au pistolet dans une cantina de Villahermosa, Tabasco. Ça n'avance pas vraiment. C'est le gin et la chute méphistophélique de Malcohol. El Demonio de la Bebida. La déréliction que connaît le Consul sans plus d'espoir de salut ni de grâce. Le pathétique appel à la merci de Dieu mais son âme est déjà vendue c'est trop tard. Il confond sa vie et ses livres et ses livres et sa vie en papier, affirme que le Volcan lui a été dicté par « l'inconscient de l'Europe », comme « l'ultime cri d'angoisse d'un continent moribond », et que les bombes atomiques lancées sur le Japon confirment la vision apocalyptique du Consul.

Parfois il attend une révolution régénératrice, écrit dans une lettre, en décembre cinquante : « Toute révolution doit se maintenir en mouvement, sa nature même contient la semence de sa propre destruction, comme en 1789 par exemple », phrase trotskyste dix ans après l'assassinat du tenant de la Révolution permanente et inventeur de la Quatrième Internationale. Parfois au contraire il souscrit à l'ironie désabusée du Consul dans le Volcan : « Ne crois-tu pas que ton envie de te battre pour l'Espagne, pour des prunes, pour Tombouctou, pour la Chine, pour l'hypocrisie, pour va-te-faire-foutre ou toutes les couillonnades que deux ou trois crétins à tête d'âne auront décidé d'appeler liberté… »

Il est loin le miracle possible, l'hymne à la paix et au paysage, le miracle de sa meilleure nouvelle, *Le Sentier de la source*, qui chantait, sous la forme de la cabane devant le Burrard Inlet, le « vivace symbole de l'aspiration humaine à la beauté, aux étoiles, au soleil levant ». Lowry apprend qu'à Vancouver, en bas de ce sentier, une tempête a détruit la jetée qu'il avait bâtie de ses mains. Pour lui le monde comme son esprit s'effondrent. Il est loin le rêve de Lord Jim remontant la rivière de Patusan, et l'aspiration du jeune Lowry qui écrivit *Ultramarine* à consacrer lui aussi sa vie au bien, dans l'humilité et l'anonymat, « un jour je trouverai un pays exténué, avili au-delà de tout ce qu'on imagine, où les enfants meurent de faim faute de lait, un pays qui a même dépassé la connaissance de son malheur, et je crierai : Jusqu'à ce que, par moi, il fasse bon vivre dans ce lieu, j'y resterai ».

Que laisse-t-on derrière soi ? Les dernières petites traces. Le dernier livre ouvert : *A Field Guide to British Birds*. La dernière représentation à laquelle il a assisté, au Criterion Theatre de Londres : *Waiting for Godot*. Sa dernière incarcération : au pavillon des malades mentaux de l'hôpital de Brighton. C'est quelques semaines avant sa mort. Margerie est alors internée dans le service psychiatrique de l'hôpital St Luke Woodside, dans le nord de Londres.

Qu'il me faille quatre semaines ou quatorze heures pour aller de Munich à Hambourg aujourd'hui, cela m'est de moindre importance, pour mon bonheur, et surtout pour ma condition humaine, que la question : Combien d'hommes, qui comme moi aspirent à la lumière du soleil, sont astreints dans les usines à devenir des forçats, à sacrifier la bonne santé de leurs organes, de leurs poumons, pour construire une locomotive.

B. Traven

Traven & Trotsky

J'avais autrefois l'espoir que de l'Allemagne surgirait la lumière du monde. J'en avais formé le vœu. Voilà que c'est advenu en Russie.

RET MARUT

Après sa condamnation à mort en 1919, Ret Marut s'évade, fuit Munich, dort dans des granges, s'éloigne des milieux activistes. Les journaux vilipendent l'anarchiste, le spartakiste, le défaitiste. Il ne reste pourtant pas inactif, ainsi qu'il le mentionne dans *Le Fondeur de briques* : « Il prit la parole dans une soixantaine de bourgades et de villages de Bavière devant des citoyens, des ouvriers et des paysans. » Ret Marut se méfie néanmoins de l'héroïsme révolutionnaire, se soucie assez de sa vie pour gagner la Hollande puis l'Angleterre puis le Mexique. Il se méfie du don héroïque de soi. Pourquoi se libérer si c'est pour aussitôt mourir. Donner sa vie pour la révolution ou la répression c'est encore donner sa vie.

Pour Ret Marut, l'écriture est au début pamphlétaire, même s'il compose quelques nouvelles qu'il publie dans sa revue sous un autre pseudonyme. Il s'adresse aux révolutionnaires, veut hâter la révolution, il y parvient, *Le Fondeur de briques* est lu par des centaines de militants, et Berta Döring-Selinger, camarade de Rosa Luxemburg et de Karl Liebknecht, mentionne leur lecture régulière des textes « d'un esprit non pas imprégné de Marx, mais plutôt de Rousseau ou de Bakounine, de Kropotkine ou de Sorel, de cet esprit libertaire qui animait les socialistes-révolutionnaires russes dans leur combat pour les droits du moujik piétiné ». Traven comme Trotsky a lu le mot « communisme » dans les romans de Tolstoï avant de lire Marx. Tous deux ont lu dans *Anna Karénine* que « le capital opprime l'ouvrier. Chez nous les ouvriers, les paysans portent tout le fardeau du travail et sont placés dans une situation telle que, malgré tous leurs efforts, ils ne peuvent s'élever au-dessus de l'état d'animal ».

Et la révolution allemande a été vaincue. Rosa Luxemburg et Karl Liebknecht assassinés. Marut devenu Traven écrit des romans d'aventures, de l'Unterhaltungsliteratur, parce que c'est le public des lecteurs avides qu'il faut toucher, celui des bibliothèques populaires. Il envoie ses manuscrits en Europe et derrière les récits mexicains, les révoltes des Indiens au Chiapas, montre l'Europe qui s'effondre encore une fois, la nouvelle guerre qui approche. Traven devient romancier dans les lagunes de Tampico puis les jungles du Chiapas. Ses modèles lui viennent, par-delà Jack London, de Karl May et de Fenimore Cooper, des histoires de trésors, des histoires d'amour très belles puis fracassées, des histoires d'hommes exploités dans les champs de coton ou les scieries d'acajou, qui cherchent la lumière et se dressent devant les contremaîtres. Son talent est d'emblée celui d'un scénariste, comme à l'époque où le cinéma n'avait pas encore libéré le roman du devoir fastidieux d'inventer des histoires, comme la photographie déjà libérait la peinture de celui de reproduire le monde. Et Davenport nous montre à la fin des années vingt l'étudiant Lowry plongé dans Traven, le crayon à la main, au milieu de son amas de livres et de bouteilles, de disques de jazz et de boîtes de sardines à l'huile.

Pendant dix ans, Traven, qui sous le nom de Torsvan est allé étudier la photographie à Mexico auprès d'Edward Weston et de Tina Modotti, assemble les matériaux récoltés au Chiapas, les carnets, les notes de voyages et d'exploration, met dix ans, enfermé dans une finca près d'Acapulco, à construire les romans du Cycle de l'Acajou, jusqu'en trente-sept, l'année de l'arrivée de Trotsky au Mexique. Traven du fond de son repaire en suit les péripéties dans les journaux.

Traven et Trotsky, c'est la vieille querelle de l'anarchisme. L'Armée rouge qui écrase en Ukraine les libertaires de la Makhnovtchina. On reprochera ce fait d'armes au vainqueur de Kazan. C'est la guerre civile et l'usage de la violence est assez bien partagé, par les Cosaques et l'Armée rouge et les troupes anarchistes. Jacobo Glantz, le père de Margo, qui plus tard soutiendra les anarchistes Nicola Sacco et Bartolomeo Vanzetti, était alors en Ukraine et se souvient : « Makhno était un véritable anarchiste, il galopait sur des chevaux qui tiraient de petits attelages, les tachanki, tout en brandissant un drapeau noir. Son idéologie était bien claire mais ses hommes, eux, pillaient, violaient, assassinaient en traversant les petits bourgs de paysans juifs. » Makhno vaincu se retrouvera ouvrier chez Renault à Boulogne-Billancourt.

L'anarchisme de Traven c'est la théorie du Moi de Stirner, le grand égoïsme qui pose que la fraternité n'est possible qu'entre individus absolument insubordonnés : « Insubordination contre tout, insubordination contre toute loi, contre toute idée, contre tout programme, contre tout gouvernement. Homme, sois un éternel révolutionnaire et tu auras vécu ! » Il est impossible, avec une telle théorie, de mettre en rangs les millions d'hommes, de les faire avancer sous le feu et dans la neige au-devant des armées blanches résolues à rétablir l'autocratie et l'esclavage. Il faut bien que d'autres se salissent les mains dans le moteur de l'Histoire. Traven devient romancier parce que la révolution allemande a été vaincue.

Il intègre au Chiapas la mission de l'archéologue Enrique Juan Palacios. Pendant des mois, trente savants, biologistes, botanistes, cartographes, ethnographes parcourent la jungle et inventorient les sites mayas. Les photographies de Torsvan illustreront le rapport de mission, *En los confines de la Selva Lacandona*. Mais si Torsvan s'intéresse aux ruines, Traven, lui, découvre la vie des descendants bien vivants des Mayas : il revient seul, achète des mules, engage un guide, devient explorateur, vit parmi les Indiens tojolabals, tzeltales, chols, tzotziles, leur raconte les belles chevauchées de Zapata et en échange consigne leurs récits, construit peu à peu ses romans.

Trotsky depuis Odessa veut devenir écrivain mais sans cesse en repousse le moment. Il attend la victoire de la révolution russe. Pour ce « littérateur-né », selon Mauriac, lequel place Trotsky aux côtés des plus grands, de Tolstoï et du premier Gorki, la littérature est l'énigme, le cœur de ténèbres que les mots soupçonnent et frôlent. Toute poésie est anarchiste et dit que la raison ne suffit pas, que la raison elle-même peut devenir une passion destructrice. Plutôt que d'être césar ou poète, sa tâche, croit-il, est plus haute ou plus humble, elle est d'agir, d'organiser, de changer la face du monde et la vie des hommes. Plus tard les moujiks sauront lire.

Et les écrivains se jettent à sa rencontre parce que ce qu'ils voudraient, souvent, c'est agir, peser sur le monde, étreindre la rugueuse réalité, se lever du fauteuil et laisser le labeur du papier, comprendre comment cet homme seul contre tous, et toujours battu par son propre camp, rejeté, déporté, continue d'exil en exil à vouloir transformer le monde et la vie des hommes, empêcher Thermidor, prôner la Révolution permanente et mondiale. Trotsky rencontre à Londres Maxime Gorki, à Prinkipo Georges Simenon, à Saint-Palais André Malraux, à Mexico André Breton. On interroge l'auteur de *Littérature et Révolution*, on lit ses analyses de Tolstoï et de Céline, son éloge d'Essenine paru dans la *Pravda* après le suicide du poète en 1925, du temps que Trotsky pouvait encore publier dans la *Pravda*.

Son éloge de Maïakovski, après le suicide du poète en 1930, alors que Trotsky est déjà en exil, paraît dans le *Bulletin de l'Opposition*.

Ces deux-là, Traven et Trotsky, partagent pourtant la tentation de William Blackstone, l'érudit de Cambridge parti vivre au milieu des Indiens d'Amérique. La tentation de tout envoyer balader. Mais si l'un choisit la solitude et se terre, disparaît de la surface du globe, l'autre au début est dans le feu de l'action, met en marche les millions d'hommes. À la fin de la guerre civile, en novembre 1920, pendant que Ret Marut est en fuite, Trotsky descend du train blindé, rentre à Moscou, enlève le manteau de cuir à l'étoile rouge, enfile le veston de sport et noue la cravate rose que décrira Naville, s'installe au Kremlin dans un appartement proche de celui de Lénine. Il fait venir auprès de lui son père, le riche paysan que la révolution a dépouillé par la grâce du fils, ce père auquel il a un peu appris à lire. On lui confiera la direction d'un moulin. Il mourra, comme John Reed et Larissa Reisner, dans l'épidémie de typhus à Moscou.

La gloire du vainqueur de Kazan est alors celle d'un consul romain retour victorieux du *limes*, celle d'un Bonaparte retour d'Italie. Il est celui qui doit succéder à Lénine si sa santé se dégrade encore. « Pendant la guerre, j'ai eu, concentré entre mes mains, un pouvoir que, pratiquement, on pourrait dire illimité. Dans mon train siégeait un tribunal révolutionnaire, les fronts m'étaient subordonnés, l'arrière était subordonné aux fronts, et, en certaines périodes, presque tout le territoire de la République qui n'avait pas été saisi par les Blancs n'était en réalité qu'un arrière-front avec des régions fortifiées. » Mais très vite ça se déglingue. La chute va durer sept ans, par paliers, jusqu'en vingt-sept. Cette année-là, Traven vit dans la forêt Lacandone au milieu des ceibas et des rivières et des orchidées, suspend son hamac, sort de ses sacoches de selle les carnets et les livres de « Shelley, Max Stirner, Jack London et Walt Whitman ».

Pendant que d'autres intriguent et cherchent les honneurs, Trotsky disparaît, s'en va dormir dans des huttes de chasse loin de Moscou et reprend ses lectures. Il connaît des périodes d'abattement quand il faudrait cesser d'hésiter entre l'action et la contemplation. Devenir davantage stupide et déterminé, comme l'autre, le chef de gang, le brigand géorgien. Au douzième congrès du Parti, en 1923, il pouvait encore écarter Staline comme un moustique. Il n'a rien fait. Ça lui vaudra l'exil et la malaria.

Il repart chasser dans les marais de Zabolotié au milieu des nuées d'insectes, tombe malade, au pire moment, et il le constate avec humour finalement : « Je dus m'aliter. Après l'influenza se déclara une fièvre pernicieuse. Les médecins m'interdirent de me lever. C'est ainsi que je restai couché tout le reste de l'automne et l'hiver. Il en résulta que je fus malade pendant toute la discussion de 1923 contre le "trotskysme". On peut prévoir une révolution, une guerre, mais il est impossible de prévoir les conséquences d'une chasse aux canards en automne. Lénine était couché à Gorki, moi au Kremlin. Les épigones élargissaient les cercles du complot. »

Trotsky pense aller se rétablir au soleil, loin au sud, de l'autre côté du Caucase. Il souhaite entreprendre au calme l'écriture du *Cours nouveau*, prend un train pour Bakou, traverse l'Azerbaïdjan en direction de Tiflis, où lui parvient le télégramme de Staline annonçant la mort de Lénine le 21 janvier 1924 : « Les funérailles auront lieu samedi, vous ne pourriez revenir à temps. Le Bureau politique estime qu'en raison de votre état de santé, vous devez poursuivre votre voyage à Soukhoum. » Et Trotsky, plutôt que de quitter aussitôt la Géorgie pour regagner Moscou, monter à la tribune, poursuit son voyage jusqu'en Abkhazie au bord de la mer Noire. « À Soukhoum, je restai couché de longues journées, sur un balcon, face à la mer. Bien que ce fût le mois de janvier, le soleil brillait clair et chaud dans le ciel. Entre le balcon et la mer étincelante s'élevaient des palmiers. » Lorsque s'ouvre le treizième congrès, en ce mois de janvier 1924, les jeux sont faits.

Lénine avait pourtant ajouté un post-scriptum à son testament quelques jours avant sa mort, dans lequel il recommandait l'éviction de Staline du poste de secrétaire du Comité central. Sa veuve Kroupskaïa en fait parvenir une copie à Trotsky, qu'il n'utilise pas, ne mentionne même pas, au lieu de quoi il rédige une diatribe contre la bureaucratisation du Parti, laquelle n'est lue que par les bureaucrates du Parti. Il faudrait se lever, reprendre le train, affronter les Thermidoriens. Il est bientôt accusé par Staline de « dérives anarcho-mencheviques ». Trotsky ne se défend pas et hausse les épaules, commet à nouveau le crime d'orgueil. Peu à peu ses livres disparaissent des bibliothèques, son nom des livres d'histoire, son visage des photographies de la révolution d'Octobre.

En cette année 1927, pendant qu'on électrocute aux États-Unis les anarchistes Sacco et Vanzetti, alors que Diego Rivera et Walter Benjamin se rendent à Moscou, Trotsky est exclu du Parti. Il quitte le Kremlin et s'installe en ville chez des amis avant d'être arrêté, déporté au Kazakhstan. Staline n'est pas encore au sommet de son pouvoir et hésite à lui confisquer ses archives. Trotsky prend le train avec ses malles. Il est accompagné de Natalia Ivanovna et de leur fils Lev Sedov. « C'est ainsi que nous vécûmes une année à Alma-Ata, ville de tremblements de terre et d'inondations, au pied des contreforts du mont Tian-Chian, sur la frontière de la Chine, à deux cent cinquante kilomètres de la voie ferrée, à quatre mille kilomètres de Moscou, dans la société des lettres, des livres et de la nature. »

Traven de son côté chevauche dans le Chiapas, décrit l'enfer des bûcherons de l'acajou, le travail forcé, les oreilles coupées, soutient la révolte des Chamulas. Un pont de lianes se déchire et Traven tombe dans la rivière avec son cheval, se brise une jambe, reprend ses notes : « l'Indien prolétaire lutte au Mexique pour sa libération, pour accéder à la lumière du soleil. C'est une lutte de libération sans équivalent dans l'histoire de l'humanité ». Dans son roman *Un général sort de la jungle*, il fait du général Augusto César Sandino, l'ancien ouvrier de Tampico, le révolutionnaire Juan Mendez. Les conseils que donne Traven aux Indiens sont ceux que donnait Ret Marut en Bavière : « Si vous voulez gagner, et rester gagnants, il vous faudra brûler vos papiers. Beaucoup de révolutions ont éclaté et ont ensuite échoué simplement parce que les papiers n'avaient pas été brûlés comme ils auraient dû l'être. »

Au Kazakhstan, Trotsky reprend la vie sauvage de son enfance, les longues marches avec sa chienne Maya. Il dort loin des villages, avec « un extrême plaisir tout entier concentré dans un retour à la barbarie, dormir en plein air, manger à ciel ouvert du mouton préparé dans un seau, ne pas se laver, ne pas se déshabiller et par conséquent ne pas s'habiller, tomber de cheval dans une rivière… ».

Il écrit à ses amis et pour le reste s'adonne à la lecture, comme vingt ans plus tôt dans les prisons du tsar, retrouve sa vocation de reclus ou d'ermite. Dans la cellule de la forteresse Pierre-et-Paul, il lisait les classiques de la littérature européenne. « Étendu sur ma couchette de prisonnier, je m'enivrais d'eux : délice physique qui doit être celui des gourmets quand ils sifflent des vins fins ou sucent des cigares aromatiques. C'étaient mes meilleures heures. » Il parvient à se faire envoyer jusqu'au Kazakhstan des caisses de livres. « Même au temps de la guerre civile, je trouvais, dans mon wagon, des heures pour parcourir les dernières nouveautés de la littérature française. » Il envisage un temps de s'enfuir par la frontière chinoise, puis laisse tomber.

Staline prend pour lui la décision et l'expulse. En 1929, Trotsky débarque à Istanbul sous la double menace des staliniens et des Russes blancs exilés. Le proscrit est protégé par Kemal Atatürk, qu'il avait soutenu du temps qu'il était chef de l'Armée rouge. Il loue une maison sur l'île de Prinkipo et aussitôt se met à écrire. Le voilà sur la touche. « On m'a demandé plus d'une fois, on me demande encore : Comment avez-vous pu perdre le pouvoir ? Le plus souvent, cette question révèle que l'interlocuteur se représente assez naïvement le pouvoir comme un objet matériel qu'on aurait laissé tomber, comme une montre ou un carnet qu'on aurait perdus. » L'île de Prinkipo, c'est encore l'île d'Elbe plutôt que Sainte-Hélène. Chaque jour c'est la pêche en bateau, l'aube violette sur la mer, la lecture de la presse en français et en allemand. Il s'assoit à la table, écrit *Ma vie*, peu à peu devient l'écrivain qu'il voulait être : « Lorsque j'ai esquissé pour la première fois ces souvenirs, il m'a semblé que je décrivais non pas mon enfance mais un voyage d'autrefois dans un pays lointain. »

Puis c'est le départ pour Marseille à bord du *Bulgaria*, les mois d'errance et de planques dans plusieurs villes de France, la clandestinité près de Grenoble, avant que le gouvernement des sociaux-démocrates de Norvège n'accepte d'accueillir l'apatride. C'est le premier procès de Moscou. L'extermination des vieux camarades et des héros d'Octobre, les réquisitoires du procureur Vychinsky : « Je demande que ces chiens enragés soient tous fusillés jusqu'au dernier. » Trotsky sait bien que c'est lui le dernier chien. Sa résidence norvégienne devient une citadelle. Entouré de gardes du corps, il est menacé de mort par le Guépéou de Staline et la Gestapo de Hitler. La maison est attaquée, des archives sont volées. Les sociaux-démocrates sont incapables d'assurer sa sécurité. Trotsky écrit au ministre de la Justice, Trygve Lie : « Vous, et votre Premier ministre pleutre, vous serez des réfugiés, chassés de votre pays dans deux ans ». Ce sera quatre ans. En quarante, le roi Håkon et ses ministres devront fuir vers l'Angleterre. Ils confieront le transport des réserves d'or de la Banque nationale au poète Nordahl Grieg.

Lorsque Trotsky et Natalia embarquent à bord du pétrolier *Ruth* en partance pour Tampico, le chef nazi norvégien Quisling voit la proie s'envoler et ses mâchoires se referment sur le vide : « Il aurait été plus simple de le livrer à la légation russe. Ils l'auraient probablement expédié à Moscou dans une urne. » Depuis deux ans, Trotsky tourne en rond dans son bureau de Coyoacán, essaie à nouveau de peser sur l'Histoire, crée la Quatrième Internationale : « Si, pour le développement des forces productives matérielles, la Révolution est tenue d'ériger un régime *socialiste* de plan centralisé, pour la création intellectuelle elle doit, dès le début même, établir et assurer un régime *anarchiste* de liberté individuelle. »

Traven vient d'achever la composition du Cycle de l'Acajou, il quitte sa finca d'Acapulco. Sous le nom de Croves, il s'installe à Mexico, rue du río Mississippi. On mettra vingt ans encore à élucider le mystère de ses multiples identités.

Maintenant c'est trente-neuf et Trotsky est un homme seul.

Diego Rivera et Frida Kahlo l'ont rejeté. Le beau Van s'en va reprendre ses études de mathématiques. Breton ne se préoccupe pas beaucoup de la Fiari. La Quatrième Internationale est une usine à gaz. Dès qu'un groupe trotskyste atteint six membres il se scinde. Barcelone est tombée en janvier. Au mois d'août, Staline au faîte de son pouvoir conclut avec Hitler le pacte de non-agression Molotov-Ribbentrop, et Victor Serge publie *S'il est minuit dans le siècle.*

Trotsky aimerait le retrouver, celui-là. Ils ne se sont pas revus depuis 1927. Ils se sont brouillés à propos d'articles parus dans *Partisan Review*. Viktor Lvovitch Kibaltchitch fut anarchiste en Belgique comme Ret Marut le fut en Allemagne, et comme lui opposé à l'illégalisme, aux attaques de banques de la bande à Bonnot. Par solidarité anarchiste, il avait pourtant couvert la cavale des amis de Jules Bonnot et de Raymond-la-Science. Ça lui avait valu cinq ans à la prison de la Santé. Après quoi il avait gagné Barcelone, participé à la grève générale de 1917, choisi le pseudonyme de Victor Serge pour publier dans *Tierra y Libertad.* Puis il s'était éloigné des mouvements anarchistes pour soutenir à Moscou la révolution. Il s'était rapproché de

Trotsky et l'avait suivi dans l'Opposition de gauche. Ça lui avait valu trois ans de déportation dans l'Oural.

La guerre d'Espagne est perdue. Les conflits à l'intérieur du mouvement révolutionnaire ont amené le franquisme au pouvoir. C'est ce que Trotsky redoutait, lequel écrivait avant la défaite cette phrase, à laquelle Traven pouvait souscrire : « Les marxistes peuvent marcher ici la main dans la main avec les anarchistes, à condition que les uns et les autres rompent implacablement avec l'esprit policier réactionnaire, qu'il soit représenté par Joseph Staline ou par son vassal García Oliver. » Juan García Oliver, qui comme Victor Serge fut actif dans la grève générale de dix-sept, était devenu pendant la guerre ministre anarchiste de la Justice. Il est déjà exilé au Mexique et mourra à Guadalajara.

Maintenant c'est quarante. Le monde est en flammes et on oublie Trotsky. Seuls les assassins pensent encore à lui.

Assis à son bureau, il entame la rédaction de son testament, entend un bruit, sursaute, lève les yeux, reprend son écriture : c'est Natalia coiffée d'un chapeau de paille et un sécateur à la main qui s'éloigne de ses rosiers, et « vient juste de venir à la fenêtre de la cour et de l'ouvrir plus largement pour que l'air puisse entrer librement dans ma chambre. Je peux voir la large bande d'herbe verte le long du mur, et le ciel bleu clair au-dessus du mur, et la lumière du soleil sur le tout. La vie est belle. Que les générations futures la nettoient de tout mal, de toute oppression et de toute violence, et en jouissent pleinement ».

Le général Kotov et sa compagne Caridad sont à Mexico, ainsi que le fils de celle-ci, Ramón Mercader del Río. Trois ans plus tôt, le brillant jeune homme a été soustrait au front espagnol et expédié à Moscou afin d'y suivre une formation à l'assassinat. On lui a construit une première légende. Il est devenu le Belge Jacques Mornard. Sous cette identité, on l'a chargé de séduire à Paris la militante trotskyste Sylvia Ageloff. À Mexico, il est à présent le Canadien Frank Jacson, et explique à Sylvia qu'il a fui l'Europe pour échapper à la guerre, et s'est procuré un faux passeport.

Ramón Mercader n'est pas le seul à avoir été formé pour tuer Trotsky. Des agents en sommeil attendent qu'on les réveille. L'avatar Frank Jacson est encore en troisième ou quatrième position et d'un coup, après l'échec de Siqueiros, le voilà en première ligne. C'est sa mère et Kotov qui l'en informent. Maintenant c'est à lui de jouer. Quatre jours après le premier attentat, l'innocente Sylvia présente son fiancé aux Rosmer et au proscrit. Jacson devient un habitué de la rue Viena. Il entreprend d'écrire un article de soutien à Trotsky et voudrait le lui faire lire. Il achète un piolet d'alpiniste dont il fait raccourcir le manche. Il s'entraîne à le planter dans une souche.

la moelle

C'est jaunâtre et blanchâtre et tout parcouru de filaments, cette manière d'aligot que nous sommes, et de cela naît la pensée politique et parfois la poésie. Difficile de distinguer là-dedans l'épinière et la substantifique et la glande pinéale où Descartes voyait l'âme. Le grand bec métallique est entré profond de sept centimètres. Un hurlement terrible dit-on. Le vieil homme maîtrise son agresseur, exige que Joe Hansen déjà en train de le tabasser l'épargne pour qu'il parle, crie son amour pour Natalia et demande que Sieva ne le voie pas en rentrant de l'école. Dans l'ambulance il continue de donner des directives pour l'enquête. À l'hôpital de la Cruz Verde, le docteur Wenceslao Dutrem note une paralysie du bras droit et des mouvements saccadés du bras gauche. Les neurones tentent de rétablir leurs liaisons synapsiales autour du puits creusé. On pratique une trépanation, une fenêtre carrée de cinq centimètres de côté pour descendre extraire à la pince les fragments osseux. C'est l'œdème, l'écoulement de la matière grise, lentement une molle purée comme du volcan du crâne ouvert, un lent flot mou de lave ou de bave et pourtant là-dedans encore des éclairs de conscience chaotique. Un fils voit son père mort du typhus. Une aube couleur de lilas sur les steppes autour du village d'Ianovka, un cheval, une odeur de ferme et d'écuries. Encore de la beauté à traîner dans cette morve graisseuse résillée de vaisseaux sanguins. Le parfum résineux des pins de Prinkipo et les eaux violettes de la mer. Ça s'éteint le lendemain en fin de journée.

Il meurt de n'avoir pas écouté la phrase pascalienne, de n'être pas demeuré en repos dans une chambre, un cachot, un wagon, lui qui pourtant louait la réclusion. « En fin de compte, je ne puis me plaindre de mes prisons. Elles furent pour moi une bonne école. Je quittai ma cellule solidement verrouillée de la forteresse Pierre-et-Paul avec un certain regret : il y régnait un tel calme, un silence toujours si égal ! On y était idéalement bien pour un travail intellectuel. » Cette agonie peut-être est son triomphe, lui qu'on allait oublier. Le piolet planté dans le crâne comme la dague dans le dos de César et le couteau dans la poitrine de Marat. Une fin grandiose pour le saint ermite contrarié, le matérialiste athée qui n'aimait pas la vie matérielle, et le beau Van se souviendra plus tard des mots de Trotsky lors d'une ennuyeuse promenade, tous les deux dans les rues sombres de Barbizon : « S'habiller, manger, toutes ces misérables petites choses qu'il faut répéter de jour en jour. » Enfin ça n'est plus la peine.

Pendant les quelques semaines qui ont séparé les deux attentats, entre mai et août quarante, Trotsky essayait encore de localiser ceux que la guerre éparpillait, et parmi eux Victor Serge. C'était trop tard déjà pour gagner Le Havre ou Saint-Nazaire envahis.

À Marseille, on pouvait encore espérer fuir l'Europe. Ce n'est qu'en mars quarante et un que Victor Serge et son fils Vlady embarqueront à bord du *Capitaine-Paul-Lemerle* en partance pour les Antilles, une vieille bassine que la guerre sauve de la casse. Ils retrouveront à bord d'autres fuyards, André Breton et André Masson, Claude Lévi-Strauss, Wifredo Lam. Breton sait bien qu'il lui est inutile d'aller frapper à la porte de Diego et Frida. Après un bref séjour auprès d'Aimé Césaire, il compose avec Masson *Martinique charmeuse de serpents* et gagne New York.

Le visa d'entrée aux États-Unis et même le visa de transit sont refusés à Benjamin Péret en raison de son passé politique. Après avoir été expulsé du Brésil pour trotskysme au début des années trente, avoir combattu en Espagne dans la division de l'anarchiste Durruti, Péret est emprisonné à Rennes jusqu'en juillet quarante, parvient à fuir Marseille en novembre quarante et un à bord du *Serpa-Pinto* à destination de Veracruz, avec escales à Casablanca et La Havane.

Depuis le Brésil, où il avait traduit *Littérature et Révolution* de Trotsky vers le portugais à partir de l'édition espagnole, Benjamin Péret avait entretenu une correspondance avec le beau Van. À Mexico, il collaborera aux publications catalanes de Bartomeu Costa-Amic, Quetzal et Ediciones Iberoamericanas, sous le pseudonyme de Peralta, travaillera ses propres textes, *Descubrimiento de Chichén Itzá* et *Antología de los mitos, leyendas y cuentos populares de América*, études indianistes et poétiques proches de celles de Traven, parviendra de loin en loin à établir le contact avec Maurice Nadeau et Robert Rius, engagés dans la

Résistance et éditeurs de la revue *La Main à plume*. Rius sera fusillé par les nazis un mois avant la Libération.

Après ces parcours labyrinthiques et sublunaires que connaissent les apatrides et les révolutionnaires sans papiers, Victor Serge et son fils Vlady parviendront enfin eux aussi à Mexico après avoir été un temps emprisonnés à La Havane. Lázaro Cárdenas leur octroie un visa et ils sont accueillis à l'aéroport Benito Juárez par Bartomeu Costa-Amic et Julián Gorkin, fondateur du Poum. Ils se rendent aussitôt rue Viena auprès de Natalia et de Sieva. Victor Serge et Natalia Sedova classeront les derniers papiers du proscrit, rassembleront leurs souvenirs, entreprendront d'écrire ensemble une *Vie et Mort de Léon Trotsky*.

Dans les années qui suivent, Victor Serge poursuit son travail et envoie aux revues articles et essais, rédige ses *Mémoires d'un révolutionnaire*, des poèmes et ses romans *Les Derniers Temps* et *Les Années sans pardon*. Parfois il doute, se demande si c'est bien la peine d'écrire « seulement pour le tiroir à cinquante ans passés, avec la perspective d'un avenir obscur, et sans exclure l'hypothèse que les tyrannies ne se maintiennent plus longtemps qu'il ne me reste à vivre ». De loin en loin, il rencontre de manière plus ou moins clandestine les soutiens de l'Opposition de gauche et du Poum, Jean Malaquais, Julián Gorkin, Paul Rivet, Benjamin Péret et le poète péruvien César Moro. Ils se savent menacés par les fascistes et par les staliniens. « Dans les cafés de Mexico on commente déjà notre prochain assassinat. » Gorkin est gravement blessé à la tête lors d'un attentat, doit subir comme Trotsky une trépanation mais survivra. En quarante-sept, l'année où paraissent *Under the Volcano* et *Van Gogh le suicidé de la société*, Benjamin Péret parvient à regagner Paris. Cette même année quarante-sept, Victor Serge, comme Tina Modotti cinq ans plus tôt, meurt mystérieusement au fond d'un taxi mexicain.

last drink

I think I shall be among the English poets after my death.

JOHN KEATS

Les débris de verre sont d'une bouteille de gin. Des tessons scintillent à la lumière de juin. Il est allé voir voler les eiders sur les collines de l'Écosse, est revenu à Ripe. Pendu tête en bas comme le Consul dans l'arbre séphirotique. Perfectamente borracho. Les odeurs fétides au fond de la barranca sont les vomissures sur le plancher de la chambre anglaise. No se puede vivir sin escribir y no se puede escribir. Il a descendu le gin et avalé les barbituriques de Margerie trouvés dans un tiroir. Il rejoue une phrase de *Lunar Caustic*. « Il lança la bouteille contre le mur, de toutes ses forces. Il vomit. » Mais la dernière phrase amenait la rédemption. Bill Plantagenet partait se battre en Espagne et montait à bord du *Mar Cantábrico*, car « c'était là son bateau, celui sur lequel il embarquerait pour son voyage nocturne sur la mer ». Il n'y aura plus de navires où piquer la rouille jusqu'à faire apparaître le brillant du fer.

Sur le comptoir du Farolito, le Consul dessine une

carte de l'Espagne dans la petite flaque de mezcal. Au fond du kaléidoscope de l'ivresse les dernières images, la vie simple et impossible que voulait Yvonne avec lui, une ferme, une vraie ferme, « avec des vaches, des cochons, des poulets, une grange rouge aussi, des silos, des champs de blé et de maïs ». Il a vendu son âme aux dieux aztèques du mezcal et aux dieux celtes du gin. Il est allongé sur le sol de la chambre, coupable de n'avoir été ni son père le viril marchand de coton ni Grieg le beau héros solaire. Coupable de n'avoir pu être père à son tour, parce que son frère Wilfrid l'avait emmené enfant visiter l'Anatomy Museum de Paradise Street, à Liverpool, lui avait montré les bocaux de bites et de couilles dévorées de chancres supposés mettre en garde les marins. Il est un enfant terrorisé devant les monstres en suspension dans le formol, lui dont l'existence fut le fruit d'un « hasard de cinq minutes, peut-être de cinq secondes, dans la vie d'un marchand de coton ».

Le Consul observe son voisin Laruelle sous la douche, et « ce hideux paquet de nerfs bleus et d'ouïes à l'élasticité cucumiforme ornant le bas d'un estomac tout béat d'inconscience fumeuse qui avait pénétré le corps de sa femme pour y prendre son plaisir ». Le Consul baise une petite putain vérolée au fond du Farolito pour s'interdire le corps d'Yvonne si jamais le risque survenait de succomber à l'amour. Les miliciens fascistes l'attendent au comptoir. « You make a the map of the Spain ? You Bolsheviki prick ? You member of the Brigade Internationale and stir up trouble ? »

Il aimerait s'asseoir au fond du fauteuil vert en rotin sur la terrasse de Cuernavaca. Autour de lui c'est la paix du White Cottage dans la lumière dorée d'un soir de juin. Le dernier soleil anglais éparpillé dans les frondaisons des grands chênes. Il sait bien qu'au fond il est un enfant anglais, un petit lecteur de *Jeannot Lapin*. Quatre ans plus tôt, son ami Dylan Thomas est mort noyé dans l'alcool. C'est une belle mort britannique. Il sourit. La mort des poètes est moins emphatique que celle des césars dont on recueille les derniers mots. C'est aussi souvent plus rigolo. Aldous Huxley privé de la parole griffonne un billet pour en finir et demande : « LSD 100 micr ». Le docteur Saltas, lors de sa dernière visite au chevet d'Alfred Jarry, s'inquiète de ses dernières volontés, de ses ultimes souhaits, lui demande s'il veut quelque chose, et le visage s'illumine : « Ce quelque chose était un cure-dents. » Tout est dans *Jeannot Lapin*, sourit le Consul.

Maintenant c'est la nuit. Il est seul dans le silence, confond Yvonne et Jan et Margerie. Il n'y a plus d'alcool. « De quel droit osait-elle ne fût-ce qu'insinuer qu'il n'était pas dans son état normal à son avis, alors qu'il avait stoïquement souffert les tortures des damnés et de l'asile pour ses beaux yeux à elle tout au long des vingt-cinq pleines minutes qu'il n'avait pas touché le plus petit verre ! » Il a menacé Margerie. Elle est partie se réfugier chez une voisine. Il lui a encore cogné dessus. Elle le retrouvera mort étouffé par ses vomissures. Les fascistes sinarquistas bousculent le Consul, l'accusent d'être un espion :

« Yes, what's your names ? shouted the second policeman. »

Droit au comptoir, le Consul sirote son mezcal et se moque bien de la rédemption ou de la syphilis, attend les flammes rouges de l'enfer.

« Trotsky, gibed someone from the far end of the counter. »

Il est ivre au dernier point et répond avec superbe :

« No. Just William Blackstone.

– You are Juden ?, the first policeman demanded.

– No. Just Blackstone, the Consul repeated. »

William Blackstone, l'érudit de Cambridge parti vivre au milieu des Indiens d'Amérique, sort du Farolito, calme, et sans tituber. C'est la nuit et la tempête. Le Consul libère le cheval volé du pelado et frappe sa croupe. Les fascistes lui tirent une balle dans le ventre et il tombe. Le cheval emballé s'enfuit sous l'orage. Au hasard de la forêt, il piétinera Yvonne partie à la recherche du Consul. Riders on the Storm. On jette le corps du Consul au fond de la barranca et un chien mort après lui. This is the End. Le vieux violoniste prie pour lui la Virgen de la Soledad, abogada de los que no tienen a nadie.

Il s'est traîné vers le lit et s'est allongé sur le dos. « C'était le désastre, l'horreur d'un réveil tout habillé, le matin, à Oaxaca, comme chaque matin, à trois heures et demie, après le départ d'Yvonne, Oaxaca où il s'était évadé nuitamment de son hôtel Francia encore tout endormi. » Mais il n'y aura plus de réveil, c'est juin cinquante-sept, c'est vingt ans après le miracle de Cuernavaca et dix ans après la parution du Volcan. Il sourit. Il ne l'a pas eu, le dieu de la conscience petite-bourgeoise qui n'aime pas les poètes, il n'est pas parvenu à lui enlever son atroce lucidité : « Si notre civilisation se mettait à dessaouler pendant deux jours elle mourrait de remords le troisième. »

On dit que l'argent c'est bien inodore.
Le pétrole est là pour vous démentir,
Car à Tampico quand ça s'évapore,
Le passé revient qui vous fait vomir.

Pierre Mac Orlan

la grand-roue

Tout commence et tout finit toujours à Tampico, disons ici, dans cette chambre de l'hôtel Camino Real dont le bar, comme au fond d'une ville sous couvre-feu, ferme à l'heure du dîner. Ou le lendemain midi plus loin sur cette longue avenue Hidalgo, au numéro 1403, où se tient le restaurant El Porvenir – Desde 1923 – et la devise de cet Avenir qui ouvre, par-delà la quatre-voies, sur le cimetière dont on voit se dresser les croix blanches au-dessus du mur d'enceinte prétend que : Aquí se esta mejor que enfrente, On est mieux ici qu'en face.

Avec Philippe Ollé-Laprune, l'auteur de *Cent ans de littérature mexicaine*, nous commandons des tortillas de crabe sur le conseil d'Augusto Cruz García-Mora qui vit ici, et vient de publier son premier roman, *Londres después de medianoche*, et intégrera peut-être le prochain volume, *Deux cents ans de littérature mexicaine*. Dans *Le Trésor de la Sierra Madre*, Traven décrit avec précision comment on pêche dans les lagunes de Tampico les crabes de vase en les appâtant à la viande.

Devant nous, entre le cimetière et le restaurant, passent dans un sens les pick-up bleus de la police maritime équipés de mitrailleuses sur trépied, servies par deux hommes en gilet pare-balles et casque lourd, et dans l'autre sens les mêmes pick-up sous camouflage vert et brun de l'armée, dotés du même équipement, mais que protège en convoi un blindé sur roues.

Depuis Mac Orlan et la *Chanson de Margaret*, la poudre blanche s'est substituée à l'or noir. Au bruit des piqueurs de rouille le claquement sec des rafales de cuernochivo, la corne de bouc, qui est le petit nom de la Kalachnikov. Les forces de l'ordre sont prises sous le feu croisé de la guerre que se livrent ici deux cartels, celui du Golfe et celui des Zetas. Tout cela excite l'appétit et nous demandons au vieil Ángel des civelles, ces alevins d'anguille comme des vers blancs très fins, que le vieil ange affirme aller chercher à la pelle, chaque matin, en face dans le terreau des sépultures.

Personne n'a écouté Artaud qui avait pourtant raison. Il est assez évident que seule la légalisation pourrait mettre fin à ces guerres. Que la proportion de toxicomanes est faible parmi les dizaines de milliers de morts mexicains du narcotrafic. Et que la prohibition ne sert que la violence et la bêtise, la négation des valeurs que furent la simplicité, la générosité, la frugalité, la pitié, l'amour des paysages, la fraternité des misérables et des gueux, l'aumône, dans le Volcan, faite par l'unijambiste au cul-de-jatte, la bonté des petites gens et des perdants : ¡ Escúchanos Oh Señor ! Et comme si tout cela n'était pas assez, le journal *El Sol de Tampico* nous déconseille de rentrer à pied, pas seulement pour déjouer les risques d'enlèvement de poètes français impécunieux : des crocodiles sortent des lagunes les nuits de grandes pluies. On voit dans les phares les yeux jaunes au bord de la route, le long du río Panuco qui est la frontière entre l'État de Veracruz et celui de Tamaulipas, et le long de son dernier affluent, que des marins anglais nostalgiques des docks de Londres ont baptisé Tamesí.

Dans le vieux centre, près du port fluvial, j'ai rendez-vous avec l'historien Marco Flores. Les deux belles places à angles droits, Libertad et Armas, sont bordées d'immeubles Nouvelle-Orléans bâtis du temps de la prospérité pétrolière, aux balcons de fer forgé en surplomb sur des arcades ombragées. Là se tient le kiosque de billets de loterie dont s'approche Bogart dans *Le Trésor de la Sierra Madre*.

Sur une pelouse envahie d'oiseaux noirs à longue queue, qui sont des tordos, un orphéon au dôme de mosaïque. Au milieu du fouillis des marchands d'objets en plastique colorés et de vêtements qui jonchent le sol, nous descendons vers la gare à l'abandon, où Trotsky et Natalia ont embarqué en janvier trente-sept dans le train *Hidalgo* du président Lázaro Cárdenas. Devant les rails mangés d'herbes folles, on imagine le suicide d'Anna Karénine sur les voies du Nijni-Novgorod et la mort de Tolstoï dans la gare d'Astapovo. Et le grand incendie, devant ces quais, du pétrolier *Essex Isles* en vingt-sept, dans lequel tout l'équipage avait péri.

Marco Flores me confirme qu'à l'époque où Traven habitait ici le quartier d'Altamira, et Sandino celui de Naranjo Veracruz, anarchistes et anarcho-syndicalistes travaillaient encore main dans la main, avant que les syndicalistes ne deviennent corporatistes et se soucient davantage de leurs privilèges que de la révolution. Aujourd'hui la boucle est bouclée : l'actuel président du Mexique, Enrique Peña Nieto, du PRI, le Parti révolutionnaire institutionnel, vient d'annoncer à Londres la privatisation de l'entreprise publique Petróleos de México, Pemex, comme à Londres, il y a soixante-quinze ans, le président Lázaro Cárdenas était allé annoncer aux actionnaires des pétroles britanniques, parmi lesquels Arthur Lowry, leur nationalisation.

Et pour bien montrer qu'il n'y a plus d'État, et qu'ils sont devenus les rois du pétrole, les deux cartels viennent de bloquer en janvier dernier les rues de leurs quartiers respectifs à l'occasion de la fête des Rois mages. Pendant que des guetteurs en armes les protégeaient, des hommes encagoulés ont sorti de leurs véhicules tout-terrain des cadeaux pour les enfants, des billets de cent pesos pour les pauvres, des roscas de reyes, des galettes des rois décorées de fruits confits et de ce qui ressemble à du sucre glace, qu'ils sont allés distribuer ensuite aux malades dans les cliniques, bonnes actions de dames patronnesses, par eux-mêmes filmées et aussitôt mises en ligne, à la gloire du narcotrafic et de ses prestations sociales. Le Mexique est un pays auquel un étranger ne peut pas comprendre grand-chose. La plupart des Mexicains n'y entendent rien non plus.

Enfermé ce soir dans cette chambre, je reprends une dernière fois les carnets et les chronologies emmêlées de toutes ces pelotes. Nous sommes le 21 février 2014. C'est aujourd'hui le soixante-dixième anniversaire de l'Affiche rouge, des vingt-deux résistants étrangers fusillés par les nazis au Mont-Valérien le 21 février 1944. C'est aujourd'hui le quatre-vingtième anniversaire de l'assassinat de Sandino à Managua le 21 février 1934, quinze jours après le rendez-vous manqué de Trotsky et de Nadeau à Paris. On écrit toujours contre l'amnésie générale et la sienne propre : il y a dix-sept ans ce soir, le 21 février 1997, j'étais à Managua Nicaragua au pied de la grande effigie de Sandino sur la colline de Tiscapa, près de la statue équestre dynamitée du dictateur Somoza, commanditaire du meurtre, et m'étonnais de n'y voir aucune cérémonie.

J'assemblais alors des bribes autour de la vie de Sandino comme ce soir des bribes autour de celle de Jean van Heijenoort, le beau Van, le grand témoin : « J'ai vécu sept ans auprès de Léon Trotsky, d'octobre 1932 à novembre 1939, hormis quelques interruptions. J'étais membre de son organisation politique et je devins son secrétaire, traducteur et garde du corps. »

Le beau Van a quitté Coyoacán pour aller préparer un doctorat de mathématiques à New York tout en travaillant au classement des archives de Trotsky à Harvard. En août quarante, c'est dans la rue qu'il apprend l'assassinat, à la une d'un journal : « Trotsky, wounded by friend in home, is believed dying ». Il est persuadé que Ramón Mercader ne l'aurait pas abusé, cet homme qui s'est présenté sous le nom de Jacques Mornard et se prétendait belge, détenteur d'un faux passeport canadien au nom de Frank Jacson. « Un Belge et un Espagnol parlant français ne se différencient pas de la même façon d'un Parisien. » Jamais il n'aurait ouvert la porte de la rue Viena à un individu aussi suspect, jamais surtout il ne l'aurait laissé entrer sans être accompagné et sans avoir été fouillé, seul dans le bureau de Trotsky. « Pendant plusieurs années, seule l'étude des mathématiques me permit de conserver mon équilibre intérieur. L'idéologie bolcheviste était pour moi en ruine. Il me fallait bâtir une autre vie. »

Jean van Heijenoort, qui a utilisé dans la première moitié de sa vie davantage encore de pseudonymes et de faux papiers que Traven, est devenu sous son nom véritable un chercheur connu de tous les mathématiciens, professeur de philosophie à la New York University et à Columbia, l'un des meilleurs spécialistes de l'œuvre mathématique et logique de Kurt Gödel. Il n'écrira l'histoire de sa première vie qu'à la fin des années soixante-dix. Voilà pour la raison mais il y eut aussi la passion. Lui qui fut brièvement l'amant de Frida Kahlo s'est par la suite marié assez souvent. La quatrième fois avec Ana María Zamora, fille d'un avocat de Trotsky. Assez vite ils ont divorcé, quelques années plus tard se sont remariés, puis se sont à nouveau quittés. En mars 1986, il est venu lui rendre visite au Mexique et elle l'a assassiné de trois balles dans la tête pendant son sommeil avant de se suicider. On a enterré le beau Van au Panteón Francés de Mexico, où reposait déjà depuis quarante ans Victor Serge.

Pour qui se souvient encore de Paul Gégauff, des petites bandes parisiennes du Nouveau Roman et de la Nouvelle Vague, la mort du beau Van évoque celle du beau Paul, assassiné trois ans avant lui, de trois coups de couteau, dans une chambre d'hôtel en Norvège par sa dernière et jeune épouse. Et ce genre de fin pendait au nez de Diego Rivera, lequel sans doute avait retenu la leçon du coup de couteau parisien d'une amante délaissée. Après qu'ils avaient divorcé à Mexico en novembre trente-neuf, Diego et Frida s'étaient remariés à San Francisco en décembre quarante, six mois après l'assassinat de Trotsky.

À un ami médecin, Frida confie alors que « le remariage fonctionne bien. Peu de disputes, une meilleure entente mutuelle et, en ce qui me concerne, moins d'enquêtes du genre chiante sur les autres dames qui parfois viennent soudain occuper une place prépondérante dans son cœur. Bref, toi pouvoir comprendre que j'ai enfin admis que la vie *est ainsi faite* et que tout le reste n'est que foutaise ». Frida de son côté choisit pour amant le peintre catalan José Bartolí, et pendant quelques années la vie continue, même si peu à peu le corps se disloque. En cinquante, elle est à nouveau opérée de la colonne vertébrale et reste près d'un an à l'hôpital. En cinquante-trois, on l'ampute de la jambe droite. Frida s'enferme dans la maison bleue et n'en bouge plus, au milieu des bidons de Demerol et des volutes de marijuana. Elle écrit dans son journal : « Des pieds, est-ce que j'en voudrais si j'ai des ailes pour voler ? » Elle compose des poèmes tristes comme des boleros, « está anocheciendo en mi vida ».

En juillet cinquante-quatre, quelques jours après avoir défilé en fauteuil roulant à la tête d'une manifestation contre le coup d'État qui vient de chasser du pouvoir Jacobo Árbenz au Guatemala, Frida meurt, on l'allonge sur son lit maquillée et coiffée, vêtue d'un huipil. Diego Rivera coupe les veines de ses poignets au scalpel avant l'incinération, fait recouvrir son cercueil du drapeau rouge à la faucille et au marteau. Depuis longtemps Diego Rivera a mis un genou en terre, prononcé son autocritique et réintégré le clan des staliniens. On accompagne Frida Kahlo jusqu'au Panteón de Dolores, où repose depuis douze ans son ancienne amie et rivale Tina Modotti.

Un an plus tard, Diego Rivera épouse Emma Hurtado et la maison bleue devient un musée, après qu'il a empilé les bidons de Demerol et tout un fourbi dans une salle de bain qu'il fait murer. En novembre cinquante-sept, il est à Acapulco et peint cinquante-deux couchers de soleil, rentre d'urgence à Mexico et meurt le 24 novembre de son cancer du pénis, six mois après la mort de Lowry. La revue *Impacto* consacre un long reportage photographique à ses funérailles. Sur l'une des images, on voit Lupe Marín, la deuxième épouse, les yeux cachés par de grandes lunettes noires, qu'il faut ceinturer au moment où elle se jette sur David Alfaro Siqueiros pour l'empêcher de prendre le micro. Celui-là, comme bientôt Ramón Mercader qui va sortir de prison après avoir purgé sa peine, est déjà honoré des plus hautes distinctions soviétiques.

Au moment de la mort de Frida et du coup d'État contre Jacobo Árbenz, tous les jeunes idéalistes qui avaient accouru au Guatemala pour soutenir la réforme agraire s'enfuient vers le Mexique. Parmi eux le jeune Ernesto Guevara devient photographe des rues à Mexico, épouse la Péruvienne Hilda et l'emmène en voyage de noces à Cuernavaca. Il se rapproche des exilés cubains, bientôt se joint à eux. En octobre cinquante-cinq, ils décident pour s'entraîner d'escalader le Popocatépetl, comme Hugh et Yvonne en nourrissent le projet dans le Volcan : « Le Consul finit son mezcal : vraiment à pleurer de rire, non, ce projet d'escalade au Popo, tout à fait le genre de truc imaginé par Hugh. » Et sans doute l'image de l'emblématique piolet traîne dans le cerveau des guérilleros lorsqu'ils se rendent dans une boutique de Mexico pour acheter des piolets, des cordes, des lunettes de montagne, comme elle traîne au fond du cerveau de Lowry et du Consul, « Lunettes de neige et piolet d'alpiniste. Vous auriez l'air chic ! ».

Ce sera encore la dernière image dans la tête du Consul, le piolet, après qu'on l'aura jeté au fond de la barranca avec sa balle dans le ventre, allongé dans la végétation détrempée et le nez dans les poils puants du chien crevé qu'on a jeté après lui. Rien n'est plus douloureux que de mourir d'une balle dans le ventre et tous les combattants le redoutent. Ça n'en finit pas. Un tord-boyaux comme une terrible colique et pendant ce temps-là le corps fonctionne et le cerveau est alimenté en oxygène. Le cœur bat, et la conscience longtemps est intacte.

Seuls les mafieux et les narcos sont capables d'infliger à leurs ennemis une fin aussi terrible. Dans la maison du marchand Ipatiev, à Ekaterinbourg, lorsque le petit chef local fait descendre la famille impériale à la cave, réveille en hurlant quelques bougres, et leur ordonne de se mettre en ligne pour former un peloton, ceux-là visent le torse. Le tsar s'écroule. Ses filles, les jolies princesses, sont encore debout. Les balles ricochent sur leurs corsages de dentelle. On les a obligées à coudre tant de pierreries dans leurs vêtements, les émeraudes, les diamants, les rubis, les saphirs, tous les joyaux qui devaient permettre au tsar en exil de se la couler douce, qu'ainsi alourdies par leur carapace il faut bien s'approcher d'elles pour les achever. Les bijoux ensanglantés jonchent le sol de la cave. Le Consul agonise allongé sous le chien crevé. Dans son délire, il s'imagine encore escalader le volcan, sent « le poids de ses lunettes de neige à ventilation, de son piolet de montagne », rêve de l'ascension mais c'est la chute.

Un an après l'expédition au Popocatépetl, en cinquante-six, le camp d'entraînement des Cubains est découvert. Le futur Che Guevara et Fidel Castro et les autres guérilleros sont emprisonnés à Mexico. On hésite à les remettre au dictateur Fulgencio Batista. C'est l'ancien président Lázaro Cárdenas qui obtient leur libération. Par un de ces retournements dont l'Histoire n'est pas avare, c'est à celui qui avait sauvé Trotsky que Castro devra la possibilité de la révolution à Cuba, et ainsi la possibilité, plus tard, d'offrir à Ramón Mercader de venir achever sa vie paisible à La Havane.

Personne n'a écouté Artaud qui avait pourtant raison. Seuls la vieille Culture Rouge des millions d'Indiens aux longs cheveux noirs, et leurs dieux multicolores au fond de leurs besaces, pourraient sauver cette civilisation de la folie où elle est tombée depuis le piteux règne de Maximilien, dont on voit au Möbel Museum de Vienne le grand cercueil pour le corps troué comme celui du tsar, cercueil si long qu'il pourrait être de Cravan, jusqu'aux fastes ridicules des roitelets des cartels qu'on lit chez Yuri Herrera. Indifférents aux véhicules rutilants des narcos comme aux pick-up militarisés de la police, le front ceint du mecapal et les charges sur leur dos, les Indiens remontent en silence les trottoirs, font cuire leurs galettes de maïs le long d'un mur, vont s'asseoir et mangent en silence comme dans les romans de Martín Luis Guzmán, « avec une suprême dignité, presque extatique. Lorsqu'ils remuaient la mâchoire, les lignes du visage restaient inaltérables ». Pour Artaud comme pour Traven, ceux qui se taisent auront le dernier mot.

L'année de la mort de Rivera, en cinquante-sept,

et une semaine avant celle de Lowry, un enfant naît à Tampico, au sein d'une famille enrichie dans le commerce des meubles et de l'électroménager. Rafael Guillén quitte Tampico pour étudier la philosophie à Mexico, séjourne auprès des sandinistes au Nicaragua sous le nom de Jorge Narvaez, suit un entraînement à la guérilla à Cuba sous la direction de Benigno, l'un des rares survivants de la petite bande du Che en Bolivie.

En quatre-vingt-quatorze, il y a vingt ans, c'est à lui sans doute, devenu le sous-commandant Marcos à la cagoule, qu'on doit de voir apparaître, sur les images de l'insurrection des Indiens zapatistes dans l'État du Chiapas, pendant la très brève occupation des villes de San Cristobal de Las Casas et d'Ocosingo – où avaient été dispersées à sa demande en soixante-neuf les cendres de Traven –, parmi les banderoles, au milieu des portraits du Che et de Zapata, celui d'Antonin Artaud. La grand-roue Ferris poursuit ses lentes révolutions en plein ciel. Les poignées nickelées des nacelles brillent au soleil. Ainsi font font font et tournent les vies des hommes et des femmes. Trois petits tours de roue Ferris et puis s'en vont. Ceux qui sont en haut croient apercevoir à l'horizon les aubes radieuses des révolutions politiques et poétiques, déjà redescendent dans l'obscurité. Il faudrait relire *Jeannot Lapin*. Tout est dans *Jeannot Lapin*, sourit le Consul.

remerciements

Outre Philippe Ollé-Laprune, l'impeccable ami sans lequel ce livre n'existerait pas, et les autres amis qui apparaissent dans ces pages, je remercie tous ceux auxquels j'ai pu parler de ce projet pendant ces dix années mexicaines et qui m'ont aidé : à Mexico Fabienne Bradu et Joani Hocquenghem, Martin Solares, et la petite bande de la casa Refugio. À Mexico encore, à l'écrivain uruguayen Eduardo Milán, pour quelques mots échangés à propos du suicide énigmatique de Baltasar Brum à Montevideo en 1933, à l'écrivain tchadien Koulsy Lamko pour nos conversations africaines à La Selva, à l'écrivain colombien Fernando Vallejo pour un après-midi au Matisse de l'avenida Amsterdam. Hommage aux disparus, à l'élégant Juan Gelman de l'avenida Nuevo León qui poursuivait depuis la Condesa son inlassable combat contre l'amnésie argentine, à Eliseo Alberto qui était le fils d'Eliseo Diego et avait fui lui aussi le castrisme. Remerciements à Paco Ignacio Taibo II, voisin de la rue Ametuzco, pour notre goût commun des archanges et pour m'avoir offert le pseudonyme de Renato Zaldívar Bracamontes, que j'ai un peu utilisé, et aussi pour m'avoir permis d'éditer *La cabeza perdida de Pancho Villa*, l'histoire de la tête du héros déterrée et disparue trois ans après son assassinat, dans la revue de la Maison des écrivains étrangers et des traducteurs. À Saint-Nazaire mes remerciements vont à Élisabeth Biscay et à Françoise Garnier. À Vancouver et à Dublin à Hadrien

Laroche. À Montricher à Guillaume Dolman pour son soutien bibliophilique. À Guadalajara aux écrivains tunisien Tahar Bekri et zimbabwéen Chenjerai Hove. À Monterrey au poète espagnol José Overejo qui écrivait alors sur Stanley, et au poète cubain José Kozer, ami de Jesús Díaz que j'étais allé rencontrer en son exil berlinois. À Paris à l'ami Jean-Christophe Bailly, pour avoir mis à ma disposition ces deux livres rares que je m'empresse de lui restituer :

Hommage à Natalia Sedova-Trotsky, ouvrage collectif hors commerce, exemplaire n° 577, Les Lettres nouvelles, 1962.

Trotsky, a Documentary, Francis Wyndham and David King, Penguin Books, 1972.

Quant aux autres livres qui m'entourent ce soir et dans lesquels j'ai pioché ici ou là quelques phrases ou quelques remarques, quelques idées, comme si *Viva* était une manière d'introduction à leur lecture, j'en relève les titres au moment de plier bagages, et de les ranger dans les cartons avec les carnets et les coupures de journaux :

Under the Volcano, Malcolm Lowry, introduction by Stephen Spender, Perennial Classics, 2000.

Au-dessous du volcan, Malcolm Lowry, traduction Stephen Spriel avec la collaboration de Clarisse Francillon et de l'auteur, préface de Malcolm Lowry et postface de Max-Pol Fouchet, Le Club français du Livre, 1949, édition hors commerce, exemplaire n° 88.

Sous le volcan, Malcolm Lowry, traduction et présentation de Jacques Darras, Grasset, 1987.

Malcolm Lowry, une biographie, Douglas Day, traduction Clarisse Francillon, Buchet-Chastel, 1975.

Malcolm Lowry, études, ouvrage collectif, Maurice Nadeau, 1984.

Lunar Caustic, Malcolm Lowry, traduction Clarisse Francillon, préface de Maurice Nadeau, 10/18, 2004.

Sombre comme la tombe où repose mon ami, Malcolm Lowry, traduction Clarisse Francillon, préface de Maurice Nadeau, Points Seuil, 2009.

El Volcán, el mezcal, los comisarios, Malcolm Lowry, traducción de Sergio Pitol, prólogo de Jorge Semprún, Tusquets, 1971.

Pursued by Furies, A Life of Malcolm Lowry, Gordon Bowker, St Martin's Press, 1995.

Desde la Barranca, Francisco Rebolledo, Fondo de Cultura Económica de México, 2004.

Ultramarine, Malcolm Lowry, traduction Clarisse Francillon et Roger Carroy, postface de Roger Carroy, Gallimard, « L'Imaginaire », 1978.

En route vers l'île de Gabriola, Malcolm Lowry, traduction Clarisse Francillon, Gallimard, « Folio », 1990.

Pour l'amour de mourir, Malcolm Lowry, traduction J.-M. Lucchioni, préface de Bernard Noël, La Différence, 1976.

The Voyage that Never Ends : Malcolm Lowry's Fiction, Sherrill Grace, UBC Press, Vancouver, 1982.

Écoute notre voix ô Seigneur..., Malcolm Lowry, traduction Clarisse Francillon et Georges Belmont, 10/18, 2005.

Chambre d'hôtel à Chartres, Malcolm Lowry, traduction Michel Waldberg, La Différence, 2002.

Poésies complètes, Malcolm Lowry, traduction et préface de Jacques Darras, Denoël, 2005.

Pour Lowry, ouvrage collectif, Meet, édition bilingue, 2010.

Pour Rulfo, ouvrage collectif, Meet, édition bilingue, 2013.

Historia a contrapelo, una constelación, Adolfo Gilly, Ediciones Era, 2006.

Le Labyrinthe de la solitude, Octavio Paz, traduction Jean-Clarence Lambert, Gallimard, 1972.

Archanges, Paco Ignacio Taibo II, traduction Caroline Lepage, Métailié, 2001.

De Prinkipo à Coyoacán, sept ans auprès de Léon Trotsky, Jean van Heijenoort, Maurice Nadeau, 1978.

Ma vie, Léon Trotsky, traduction Maurice Parijanine, préface d'Alfred Rosmer, Gallimard, 1953.

L'Ombre du Caudillo, Martín Luis Guzmán, traduction Georges Pillement, Gallimard, 1959.

La historia del tequila, de sus regiones y sus hombres, Rogelio Luna Zamora, Conaculta, 1991.

Littérature et Révolution, Léon Trotsky, traduction Pierre Frank, Claude Ligny, Jean-Jacques Marie, préface de Maurice Nadeau, Les Éditions de la passion, 2000.

Histoire de la révolution russe, Léon Trotsky, traduction Maurice Parijanine, introduction Jean-Jacques Marie, avant-propos Alfred Rosmer, deux volumes, Seuil, 1950.

Œuvres complètes, Saint-Just, préface de Miguel Abensour, Gallimard, 2004.

Breton en México, Fabienne Bradu, Vuelta, 1996.

Benjamin Péret y México, Fabienne Bradu, Aldus, 1999.

Trotsky vivant, Pierre Naville, Maurice Nadeau, 1979.

Trotsky, Pierre Broué, Fayard, 1988.

Le Mexique insurgé, John Reed, traduction François Maspero, préface d'Álvaro Mutis, Seuil, 1996.

Dix jours qui ébranlèrent le monde, John Reed, traduction Vladimir Pozner, préface d'Ewa Bérard, Seuil, 1996.

Les Anarchistes, Henri Dubief, Armand Colin, 1972.

À la recherche de B. Traven, Jonah Raskin, traduction Virginie Girard, Les Fondeurs de briques, 2007.

Frida Kahlo par Frida Kahlo. Lettres 1922-1954, choix, prologue et notes de Raquel Tibol, traduction Christilla Vasserot, Seuil, « Points », 2009.

Diego et Frida, Jean-Marie Gustave Le Clézio, Stock, 1993.

Les Généalogies, Margo Glantz, traduction Françoise Griboul, Folie d'Encre, 2009.

L'Homme qui aimait les chiens, Leonardo Padura, traduction René Solis et Elena Zayas, Métailié, 2011.

Cent ans de littérature mexicaine, Philippe Ollé-Laprune, La Différence, 2007.

Europe-Amérique latine, Les écrivains vagabonds, Philippe Ollé-Laprune, La Différence, 2014.

La Vérité, revue théorique de la IVe Internationale, n° 675, août 2010.

El libro rojo, León Sedov, editora integrada latinoamericana, 1980.

Mémoires d'un révolutionnaire et autres écrits politiques, Victor Serge, préface de Jil Silberstein, Robert Laffont, 2001.

Vie et mort de Léon Trotsky, Victor Serge, La Découverte, 2010.

Mexique, les visiteurs du rêve, Philippe Ollé-Laprune, La Différence, 2009.

Le navire poursuit sa route, Nordahl Grieg, traduction Hélène Hilpert, Gerd de Mautort et Philippe Bouquet, Les Fondeurs de briques, 2008.

La Puissance et la Gloire, Graham Greene, traduction Marcelle Sibon, préface de François Mauriac, Robert Laffont, 1948.

Anna Karénine, Léon Tolstoï, traduction Henri Mongault, Livre de Poche, 1960.

Moravagine, Blaise Cendrars, Grasset, 2002.

Histoire du surréalisme, Maurice Nadeau, Seuil, 1964.

Trotsky, Mexico 1937-1940, Alain Dugrand, James T. Farrell, postface de Pierre Broué, Payot, 1988.

Cravan, une stratégie du scandale, Maria Lluïsa Borràs, Jean-Michel Place, 1996.

Maintenant, Arthur Cravan, Seuil, 1995.

Le Trésor de la Sierra Madre, B. Traven, traduction Paul Jimenes, Sillage, 2008.

Insaisissable, les aventures de B. Traven, Rolf Recknagel, traduction Adèle Zwicker, L'Insomniaque, 2008.

Artaud, todavía, Fabienne Bradu, Fondo de Cultura Económica, 2008.

París, México, Capitales de exilios, ouvrage collectif, CRC-Fondo de Cultura Económica, 2014.

Martinique charmeuse de serpents, André Breton et André Masson, Jean-Jacques Pauvert, 1972.

Le Visiteur du soir, B. Traven, traduit de l'américain par Claude Elsen, Stock, 1967.

L'Armée des pauvres, B. Traven, traduit de l'allemand par Robert Simon, Le Cherche-Midi, 2013.

Œuvres, Antonin Artaud, Gallimard, « Quarto », 2004.

El último exilio de un revolucionario : Victor Serge en México, Claudio Albertani, in *Tras desterrados*, prológo de Philippe Ollé-Laprune, Fondo de Cultura Económica, 2010.

Ret Marut, alias B. Traven. De la República de los Consejos de Baviera a la Selva Lacandona, Joani Hocquenghem, ouvrage cité, Fondo de Cultura Económica, 2010.

Le Rendez-vous de Vicam, rencontre des peuples indiens d'Amérique, Joani Hocquenghem, Rue des Cascades, 2008.

Le Vertige, Evguénia S. Guinzbourg, traduit du russe par Bernard Abbots, Seuil, 1967.

Le Ciel de la Kolyma, Evguénia S. Guinzbourg, traduit du russe par Geneviève Johannet, Seuil, 1980.

Yaquis, Paco Ignacio Taibo II, Planeta, 2013.

Maximiliano y Juárez, Jasper Ridley, traducción Anibal Leal, Vergara, 1994.

Poèmes, Alfonsina Storni, *in* revue *Meet* n° 4, édition bilingue, 2000.

Tina Modotti, une flamme pour l'éternité, Riccardo Toffoletti, En Vues, 1999.

Tina Modotti, une passion mexicaine, catalogue, présentation d'Édouard Pommier et de Sarah M. Lowe, Union latine, 2002.

Demerol sin fecha de caducidad, Mario Bellatin, Quiroga-Rosegallery, editorial RM, México, 2008.

Jeannot Lapin, Beatrix Potter, sans mention du traducteur, Gallimard Jeunesse, 1980.

table

RÉALISATION : NORD COMPO MULTIMÉDIA À VILLENEUVE-D'ASCQ
IMPRESSION : CPI BRODARD ET TAUPIN À LA FLÈCHE
DÉPÔT LÉGAL : AOÛT 2015. N° 128227-2 (3013240)
IMPRIMÉ EN FRANCE